L'Enfant de bonne volonté

Romans du XIXe siècle
dans la même collection

Balzac, *Le Colonel Chabert,*
La Maison du chat-qui-pelote, La Vendetta
Dumas, *Le Comte de Monte-Cristo*
Flaubert, *Un cœur simple*
Hugo, *Le Dernier Jour d'un condamné*
Les Misérables
Loti, *Le Roman d'un enfant*
Romains, *L'Enfant de bonne volonté*
Rosny aîné, *La Mort de la terre*
Stevenson, *Le Cas étrange du Dr Jekyll et de M. Hyde*
L'Île au trésor
Tourgueniev, *Premier Amour*
Vallès, *L'Enfant*

ROMAINS

L'Enfant de bonne volonté

Extraits des *Hommes de bonne volonté*

Présentation, notes,
chronologie, dossier-lecture
et dossier-jeu
par Olivier Rony

ÉTONNANTS CLASSIQUES

GF Flammarion

Une étude de ce texte est disponible
dans le Guide de l'enseignant, Étonnants Classiques, 2000-2001.
Ce guide peut être obtenu gratuitement, dans la limite
des stocks disponibles, auprès des éditions Flammarion.
Service Enseignements
26, rue Racine, 75278 Paris Cedex 06
Timbres-poste de 12 francs à joindre à la demande.

ISBN : 2-08-072107-0
ISSN : 1269-8822

Sommaire

L'Enfant de bonne volonté

JULES ROMAINS ET PARIS : UN LIEN PRIVILÉGIÉ

Né en août 1885
à Saint-Julien-Chapteuil,
non loin du Puy-en-Velay,
et ayant dans cette région d'Auvergne ses ascendances maternelle et paternelle, Louis Farigoule – qui prendra pour écrire le pseudonyme de Jules Romains – a cependant vécu presque toute sa vie à Paris, son enfance en particulier, à Montmartre où son père, Henri Farigoule, est instituteur dès avant sa naissance. C'est à travers les trajets familiers et variés que le jeune Louis effectuera, sur la Butte et ses alentours d'abord, dans toute la ville ensuite, qu'il acquit ce sentiment si particulier – et qui lui est propre – de communion avec la métropole foisonnante qu'était Paris au tournant des deux siècles. Lié à l'enfance et aux plus anciens souvenirs de l'écrivain, Montmartre fournira leur cadre aux chapitres consacrés à Louis Bastide dans *les Hommes de bonne volonté*.

Mais Paris, grande ville par excellence, devint surtout, au moment de l'adolescence et de la première jeunesse de Jules Romains, le lieu de rêveries consolatrices et de méditations, consécutives à une crise religieuse intense qui l'avait laissé fortement désemparé et en proie à une solitude déprimante. La lecture de philosophes ainsi qu'une expérience très intime de participation à la vie de la ville, notamment au cours d'immenses promenades, lui révélèrent que l'homme seul, et même privé de religion, pouvait trouver, pour peu qu'il s'y abandonne, une sorte de bien-être compensatoire dans la foule urbaine et dans les rapports singuliers (sensuels et presque amoureux) qu'il développe avec elle et les lieux où elle circule.

Le jeune philosophe et étudiant à l'École normale supérieure[1] devait bâtir sur cette intuition, dès 1903-1905, la théorie qui inspirera presque toute son œuvre poétique, romanesque et théâtrale jusqu'à la Seconde Guerre mondiale : l'Unanimisme, vision du monde essentiellement centrée sur les rapports de force que l'individu ou les groupes entretiennent l'un avec l'autre, ou les uns avec les autres.

LES HOMMES DE BONNE VOLONTÉ

Les personnages du petit Louis Bastide et de ses parents ne forment qu'un des multiples ensembles des *Hommes de bonne volonté*, somme de vingt-sept volumes écrits par Jules Romains de 1930 à 1944, et publiés entre 1932 et 1946. À l'intérieur de cette fresque, l'auteur met en scène un nombre fort impor-

1. *École normale supérieure* : institution universitaire déstinée à former des professeurs.

tant de protagonistes et de milieux mêlés les uns aux autres, et qui concourent à dresser une image de son temps.

Un roman-fleuve

Le roman de Jules Romains s'inscrit dans une tradition littéraire déjà ancienne. En effet, bien des romanciers ont voulu, d'une manière ou d'une autre, tracer un panorama plus ou moins général de leur époque, le plus souvent en groupant autour d'un ou plusieurs personnages principaux des axes de représentation de la réalité. Au XIXe siècle, avec Balzac (*La Comédie humaine*), Hugo (*Les Misérables*), Zola (les Rougon-Macquart) ou le Russe Tolstoï (*Guerre et Paix*), au début du XXe siècle avec Romain Rolland (*Jean-Christophe*), Marcel Proust (*À la recherche du temps perdu*) dans une certaine mesure, et le Britannique John Galsworthy (*La Saga des Forsythe*), cette tendance s'accentue et prend racine dans les habitudes littéraires. On voit alors naître et grandir des sommes narratives qui prétendent explorer les différentes couches sociales tout en mêlant la réalité historique aux aventures romanesques nées de l'imagination des auteurs. Le retour des personnages, la création d'une famille se disséminant au fil des générations dans toute la société permettent au romancier de parcourir différents milieux et de faire œuvre d'historien des mœurs. Entre 1920 et 1940, Georges Duhamel (*Chronique des Pasquier*), Roger Martin du Gard (*Les Thibault*) et Jules Romains illustreront, chacun à leur manière, ce que Romain Rolland lui-même avait appelé le « roman-fleuve ».

Une esthétique du discontinu

Les Hommes de bonne volonté proposent au lecteur un type de narration original. Dans la plupart des volumes, les chapitres font passer successivement l'action d'un personnage à un autre ou d'un lieu à un autre, brisant certaines traditions esthétiques parmi les mieux établies de l'art du roman. En écrivant ainsi, Jules Romains ne faisait que prolonger certaines de ses propres recherches menées dans des œuvres antérieures.

Dès ses débuts en effet, il compose un court récit intitulé *Le Bourg régénéré* (1906) dans lequel l'action ne cesse de se transporter d'un lieu à un autre, comme éclatée en différents points de la petite ville où elle se déroule. Par ce procédé, alors assez neuf, l'écrivain entendait échapper à un mode de composition linéaire fondée sur la succession des épisodes et la modicité du nombre de personnages. En 1911, sa deuxième œuvre romanesque, *Mort de quelqu'un*, était organisée de nouveau selon un certain simultanéisme, qui permettait l'imbrication de deux actions situées dans des lieux éloignés et se déroulant en même temps. Dans l'esprit de Jules Romains, une telle innovation esthétique répondait à la représentation qu'il se faisait alors du monde moderne : les individus, pris dans des masses urbaines immenses, ne seraient plus isolés les uns des autres, mais seraient dépendants d'un temps et d'un espace communs, à l'intérieur desquels ils évoluent ensemble, quoique séparés en apparence. À l'écrivain de trouver le moyen de représenter à la fois la discontinuité des destins individuels et la continuité du temps et/ou de l'espace qui les lient malgré eux.

Avec *Les Hommes de bonne volonté*, Jules Romains applique cette « esthétique du discontinu » à la représentation de vingt-cinq ans de vie française, du 6 octobre 1908 au 7 octobre 1933. Cette période, décisive dans l'évolution de la nation et de la société françaises, s'articule autour d'un événement majeur : la Première Guerre mondiale, événement culminant auquel sont consacrés les deux tomes que sont *Prélude à Verdun* et *Verdun*. En amont (quatorze volumes pour la période 1908-1914) et en aval (onze volumes pour les années 1918-1933) du récit du conflit, le romancier met en place de nombreuses constellations de personnages qui lui semblent représentatifs de la société française et qui, plus ou moins indépendantes les unes des autres, construisent progressivement un tableau socio-politique de la réalité.

La comédie humaine et la quête du bonheur

Sorte de « comédie humaine » de la première moitié du siècle, *Les Hommes de bonne volonté* forment ainsi une « vaste fiction en prose » mettant en scène les différentes couches sociales brassées dans le Paris de la Belle Époque d'abord, de la Grande Guerre ensuite, des Années folles enfin. Jules Romains, poète et philosophe de formation, entend aussi (et même surtout) rendre sensibles les mouvements collectifs plus ou moins volontaires et conscients qui ont rendu possible la guerre de 1914. D'où son intérêt pour les débats d'idées et les réflexions politiques qui courent dans tout le roman et en forment presque l'armature.

L'unité de l'œuvre réside dans la thématique qui lui est sous-jacente : la recherche du bonheur collectif et individuel, alors même que les hommes paraissent s'ingénier à détruire les conditions de son apparition. Afin de rendre l'expérience saisissable par ses lecteurs, le romancier doit rester au plus près de la matière vivante et donc s'entourer de créatures fictives. Deux protagonistes essentiels se font tour à tour les porte-parole de Jules Romains dont ils constituent une sorte de double idéal : les normaliens[1] Jallez et Jerphanion, présents quasiment d'un bout à l'autre du roman, et qui, l'un écrivain, l'autre homme politique, expriment par leurs paroles et leurs actes la philosophie de l'écrivain.

1. *Normaliens* : étudiants de l'École nomale supérieure (voir note 1, p. 8).

L'ENFANT DE BONNE VOLONTÉ, UNE AUTOBIOGRAPHIE DÉGUISÉE ?

Le romancier crée
de différentes façons
les personnages de ses œuvres.

Certains lui sont proposés par sa propre vie et les souvenirs qu'il a envie de livrer à son lecteur, en prenant soin toutefois de les insérer dans un tissu narratif cohérent et de veiller à ce que ces éléments autobiographiques acquièrent une signification à l'intérieur d'un ensemble. Cette exigence est particulièrement nécessaire dans le cas des *Hommes de bonne volonté*, puisque Jules Romains, qui prétend reconstruire son époque en lui donnant un sens, doit mêler adroitement l'imaginaire et le vécu.

Louis Bastide doit ainsi beaucoup de ses traits de caractère et de sa situation sociale à l'enfant que fut lui-même Jules Romains. Le prénom tout d'abord est le sien, ce qui lui permet d'entretenir avec son personnage une naturelle et immédiate complicité. Quand Romains écrit «Louis», on peut presque lire «je»... Le milieu familial des Bastide, sans être une reproduction exacte de celui des Farigoule, n'en est pas très éloigné : un père, une mère à la maison, un seul enfant au foyer, comme le fut Louis Farigoule. Certes, M. Bastide est employé, tandis que M. Farigoule était fonctionnaire, instituteur dans une école de Montmartre, et donc totalement préservé du risque du chômage. Certes, le revenu mensuel des Bastide est inférieur à celui des parents de Jules Romains. Mais par son intégration à la vie du quartier où il enseigne, l'instituteur est proche des parents de ses élèves, connaît de près les difficultés des familles. Et il est plus que probable que le jeune Farigoule a fréquenté des camarades de classe ayant traversé la situation vécue par les Bastide, comme il est assez vraisemblable d'imaginer M. Farigoule confronté aux questions angoissées d'un double réel du petit Bastide…

Plus que ces contiguïtés de milieu ou de parenté familiale, compte ici, dans la perspective autobiographique de la genèse de Louis Bastide, l'imprégnation parisienne et montmartroise qui caractérise les deux enfants. Jules Romains fut d'abord et avant tout un enfant de Montmartre et de Paris, de ce Paris du XVIIIe arrondissement, dans lequel il vécut jusqu'à sa vingtième année et qu'il connaissait parfaitement, habitué aux multiples trajets que sa vie quotidienne lui faisait emprunter. C'est à Notre-Dame de Clignancourt que Louis Farigoule suivit son catéchisme sous la direction d'un certain abbé Jacques (dont le nom est si proche de celui de l'abbé Jeanne du roman), c'est dans une école de la rue Hermel, en tous points semblable à celle de la rue Sainte-Isaure, qu'il suivit ses premières classes. Ses domiciles, rue Marcadet, puis rue Lamarck, tels qu'ils nous ont été décrits, évoquent irrésistiblement l'appartement modeste des Bastide, en particulier la petite chambre occupée par l'enfant. Davantage encore, la physionomie du milieu est bien la même ou lui est étroitement apparentée. Mme Bastide, à la fois affectueuse et un peu contrainte, pudique et retenue, peut passer pour un double atténué de la mère de l'écrivain, qui n'a jamais caché la bienveillance active mais peu démonstrative de celle-ci, sa sévérité et sa rigueur. Les allusions aux longs déplacements dans Paris pour profiter d'une réclame chez un commerçant renvoient implicitement à celles faites par Jules Romains concernant de semblables préoccupations chez Mme Farigoule.

Enfin – et c'est certainement un des plaisirs que Jules Romains éprouva en écrivant les chapitres sur Louis Bastide – les impressions ressenties par l'enfant au cours de ses promenades au cerceau ou avec sa mère, ses réflexions sur la pauvreté, son angoisse de l'avenir, d'autres sentiments encore présents chez l'enfant, sont autant de retours sur soi, transcrits avec une sorte d'affection pudique, de l'écrivain adulte.

Le contexte temporel et narratif de L'Enfant de bonne volonté

Le personnage de Louis Bastide apparaît de manière fugitive dans *Les Hommes de bonne volonté* dès le premier volume, intitulé *Le 6 Octobre*, puis plus longuement dans le tome 6, *Les Humbles*, dont il est l'un des principaux protagonistes.

Le 6 Octobre est consacré à une seule journée parisienne, celle du 6 octobre 1908, décrite presque heure par heure et au cours de laquelle le romancier fait intervenir, en une vingtaine de chapitres, une dizaine de personnages qui figureront dans les tomes suivants. Dans la deuxième partie de l'après-midi de ce 6 octobre, après la classe faite par l'instituteur Clanricard, l'enfant Bastide est mis soudain sur le devant de la scène, dans une grande promenade au cerceau (voir le premier chapitre de notre édition), elle-même prélude à une vaste «présentation de Paris à cinq heures du soir» placée au second tiers du volume. C'est tout ce que l'on entrevoit d'abord de cet enfant, perçu à ce moment de la lecture comme une émanation poétique et presque surnaturelle de Paris, dont on ignore encore ce qu'il deviendra dans la suite de l'œuvre.

Absent des tomes 2, 3, 4, 5, Louis Bastide réapparaît au début du tome 6, *Les Humbles* [1]. Le thème central de ce volume, comme le suggère son titre, est une réflexion sur la place de l'argent dans la société et sur

1. Ce 6e tome s'oppose au précédent, *Les Superbes*, les deux volumes formant ainsi un diptyque aux résonances à la fois contrastées et symétriques. Notons que de nombreux volumes des *Hommes de bonne volonté* fonctionnent par paires parallèles et antithétiques : *Les Amours enfantines* et *Éros de Paris*; *Recours à l'abîme* et *les Créateurs*; *Prélude à Verdun* et diptyque *Verdun*, etc.

son rôle essentiel, parfois dévastateur, dans les rapports humains. Jules Romains y analyse aussi la solitude qui pèse sur les êtres, ou encore le manque de solidarité qui caractérise parfois la société. *Les Humbles* s'ouvre avec « les chaussures jaunes » – notre chapitre 2. Dix mois se sont écoulés depuis *Le 6 Octobre*, puisqu'il y est question de la distribution des prix (qui a lieu en juillet 1909). Après une nouvelle éclipse, Louis revient sur scène au chapitre 9, « Le jeu de la misère » (chapitre 3 de notre édition) : nous sommes désormais en octobre 1909, au moment d'une nouvelle rentrée scolaire, et Louis a changé de classe.

Construite autour du personnage de Louis Bastide, notre édition a ainsi regroupé un choix de textes qui ne se succédaient pas directement dans la somme des *Hommes de bonne volonté* où Jules Romains, fidèle à la simultanéité et à la multiplicité des angles de vue que suppose son propos esthétique, a entrecoupé à plusieurs reprises les aventures de Louis et de ses parents par des récits consacrés à d'autres personnages. Il y a donc, du texte original à notre édition, une certaine déperdition d'atmosphère et de sens dont il faut tenir compte pour véritablement comprendre le personnage de Louis Bastide par rapport à l'ensemble des *Hommes de bonne volonté*. Nous ne pouvons dès lors qu'inviter les lecteurs les plus attentifs et les plus curieux à se reporter à une édition de l'œuvre intégrale.

CHRONOLOGIE

REPÈRES
HISTORIQUES
ET CULTURELS

VIE
ET ŒUVRE
DE L'AUTEUR

1885
1972

REPÈRES HISTORIQUES ET CULTURELS

1885	Zola, *Germinal.* Mort de Victor Hugo et de Jules Vallès.
1893	Scandale de Panama.
1895-1900	Affaire Dreyfus ; création de la CGT ; loi sur les accidents du travail (1898) ; loi Millerand sur les rapports patronat-ouvriers (1900).
1902	Mort de Zola.
1903-1910	Séparation de l'Église et de l'État (1905). Création du ministère du Travail (1906). Création du repos hebdomadaire. Loi sur les retraites ouvrières (1910). Fondation de la *NRF* (1908-1909). *La Porte étroite* (Gide). Les Ballets russes. Début du mouvement cubiste en peinture. Œuvres de Claudel, Valéry, Colette.
1913	Apollinaire, *Alcools.* Proust, *Du côté de chez Swann.* Alain-Fournier, *Le Grand Meaulnes.*
1914	Début de la Première Guerre mondiale.

VIE ET ŒUVRE DE L'AUTEUR

1885 *26 août* : naissance de Louis Farigoule à Saint-Julien-Chapteuil (Haute-Loire). Ses parents sont installés à Montmartre, où son père est instituteur. Son enfance et son adolescence se passeront rue Marcadet, rue Simart et, à partir de 1895, rue Lamarck.

1895-1902 Études secondaires au lycée Condorcet. Baccalauréat de philosophie. Prépare le concours d'entrée à l'École normale supérieure. Publie ses premiers textes sous le pseudonyme de Jules Romains.

1903-1908 Naissance de l'Unanimisme. Études de philosophie et de sciences rue d'Ulm et à la Sorbonne. Publication de *L'Âme des hommes.* Service militaire. Écrit *La Vie unanime.* Agrégation de philosophie. Amitiés avec Georges Duhamel, Charles Vildrac, Guillaume Apollinaire, Max Jacob, Paul Fort.

1908-1914 Professeur à Brest, puis à Laon. Écrit des poèmes (*Un être en marche, Odes et Prières*), des romans (*Mort de quelqu'un, Les Copains, Le Vin blanc de la Villette*), une pièce de théâtre (*L'Armée dans la ville*). Mariage en 1912 avec Gabrielle Gaffé. Premiers voyages européens.

REPÈRES HISTORIQUES ET CULTURELS

1915	Romain Rolland, *Au-dessus de la mêlée.*
1916	Bataille de Verdun.
1917	Révolution bolchevique en Russie.
1919	Traité de Versailles. Dorgelès, *Les Croix de bois.*
1921-1930	Débuts du fascisme en Italie. Mort de Marcel Proust (1922). André Breton, *Manifeste du surréalisme* (1924). Krach boursier aux États-Unis et crise économique mondiale (1929). Travaux de Freud, d'Einstein. Œuvres de Claudel, Mauriac, Giraudoux, R. Martin du Gard, Cocteau, Montherlant, Éluard.
1931-1939	Hitler au pouvoir en Allemagne (avril 1933). Montée du fascisme en Europe. Guerre d'Espagne et Front populaire en France (1936). Accords de Munich (septembre 1938). Pacte germano-soviétique (août 1939). Début de la Seconde Guerre mondiale. Œuvres de Céline, Malraux, Aragon, Sartre.

VIE ET ŒUVRE DE L'AUTEUR

1914-1920 Mobilisé pendant la guerre dans les services auxiliaires, puis réformé. Professeur à Paris et à Nice. Écrit *Europe*, poème pacifiste (1916) et *Pour que l'Europe soit*. Rédige *Cromedeyre-le-Vieil*, drame rustique en vers.

1921-1930 Quitte l'enseignement. Début d'une période consacrée au théâtre. Collaborations fructueuses avec Jacques Copeau (*Cromedeyre-le-Vieil*, direction de l'École du Vieux-Colombier), Louis Jouvet (*M. Le Trouhadec, Knock, Donogoo*), Georges Pitoëff et Charles Dullin (*Volpone, Musse*). Publie des poèmes (*Ode génoise, Chants des dix années*) et une trilogie romanesque : *Psyché*. Commence à préparer le plan des *Hommes de bonne volonté*. Fréquents voyages à l'étranger. Premier séjour aux États-Unis en 1924. Milite pour le rapprochement franco-allemand.

1931-1939 Achat d'une propriété en Touraine, Grandcour, où seront composés *Les Hommes de bonne volonté*, dont les quatre premiers volumes paraissent en 1932. Deux tomes suivront chaque année. Très grand succès public, culminant en 1938 avec les récits consacrés à la guerre, *Prélude à Verdun* et *Verdun*. Activités politiques de Jules Romains. Nombreux articles et conférences. Grands voyages en Europe, Amérique, Afrique. Président international d'une association d'écrivains, les PEN Clubs. Divorce. Second mariage en 1936, avec Lise Dreyfus.

REPÈRES HISTORIQUES ET CULTURELS

1940	Défaite française et Occupation. Pétain, chef de l'État français. Appel du général de Gaulle (18 juin).
1942	Vercors, *Le Silence de la mer*. Camus, *L'Étranger*.
1944	Débarquement allié en Normandie.
1945	*8 mai* : capitulation allemande. Bombes atomiques sur Hiroshima et Nagasaki.
1945-1958	IVe République. Guerre froide Est-Ouest. Décolonisation : guerre d'Indochine, guerre d'Algérie. Création de la Communauté économique européenne (1957). Existentialisme. Œuvres de Camus. Sartre. Théâtre de l'absurde (Ionesco, Beckett, Adamov). Nouveau roman (Sarraute, Butor, Robbe-Grillet, Simon, Duras).
1958	Ve République.
1962	Indépendance de l'Algérie.
1968	Révolte étudiante et ouvrière de mai 1968.
1969	*21 juillet* : Neil Armstrong, premier homme sur la Lune.
1973	Premier choc pétrolier.

VIE ET ŒUVRE DE L'AUTEUR

1940-1945 Exil volontaire aux États-Unis. Apporte son appui à la France libre (articles et discours à la radio). S'installe au Mexique en février 1942, y rédige et achève (septembre 1944) *Les Hommes de bonne volonté*, dont les derniers volumes paraîtront en France en 1946. Son appartement parisien est pillé par la Gestapo. Élection à l'Académie française et retour en France.

1945-1972 Intense activité de conférencier et de journaliste. Voyages aux États-Unis, en Europe, en Extrême-Orient. À partir de 1953, il publie un éditorial hebdomadaire dans *L'Aurore*. Écrit des romans (*Le Fils de Jerphanion, Une femme singulière, Un grand honnête homme*), des souvenirs littéraires et autobiographiques (*Souvenirs et confidences d'un écrivain, Ai-je fait ce que j'ai voulu ?, Amitiés et Rencontres*), de nombreux essais socio-politiques et des recueils de poèmes (*Pierres levées, Maisons*).

1972 *14 août* : mort de Jules Romains, à Paris.

L'Enfant
de bonne volonté

LA VALEUR DE L'ARGENT AU DÉBUT DU SIÈCLE

La comparaison entre le coût de la vie à notre époque et celui de 1908 est une opération un peu hasardeuse, dans la mesure où les besoins matériels ont beaucoup évolué, dans la mesure aussi où la notion de pouvoir d'achat recouvre au début et à la fin du siècle des réalités différentes.
On peut cependant, pour éclairer la lecture tenter de donner les éléments de comparaisons suivants:

- Le salaire de M. Bastide est de 7 francs par jour, ce qui correspond à un salaire mensuel d'environ 210 francs (30 x 7), dont l'équivalent serait aujourd'hui 4137,84 francs[1]. Un tel salaire paraît donc inférieur à celui que recevrait aujourd'hui un employé comme M. Bastide.

- 1 livre de riz à 0,20 francs: soit environ 4 francs actuels.
- 1 livre de riz à 0,30 francs: soit environ 6 francs actuels.

- Les chaussures de Louis ont coûté 9,50 francs: soit environ 187 francs actuels.

- Le billet de 50 francs perdu par Mme Bastide représente 985 francs actuels, ce qui est une somme considérable, puisqu'elle correspond à environ un quart du salaire de M. Bastide.

- Il faut savoir également qu'un sou équivaut à 5 centimes (100 centimes = 1 franc). Ainsi, lorsque Mme Bastide donne à Louis 22 sous pour aller chez l'épicier de la rue Ramey (ch. 3), cela fait 1,10 franc, soit environ 21,50 francs d'aujourd'hui.

1. La valeur du franc actuel est obtenue en multipliant un franc de 1908 par le coefficient multiplicateur 19,704 (*Quid* 1999).

1. Le grand voyage du petit garçon

Louis Bastide remontait la rue Clignancourt depuis le carrefour Ordener sans cesser de courir. La pente est très dure. Les chevaux sont obligés de se mettre au pas; et ils tirent par saccades, de toute l'encolure, en faisant des étincelles sur le pavé. Un jour le petit Louis était là, quand une voiture de pompiers traînée par des bêtes magnifiques arriva au galop et attaqua la pente. Après quelques mètres de montée, elle se mit au pas comme les autres. Il est donc très difficile de conduire un cerceau sur une côte pareille. Il faut beaucoup de résolution et d'élan quand on commence; et ensuite la volonté de ne pas faiblir, de ne pas écouter sa fatigue, sans parler d'une grande habileté à manier le bâton.

Louis Bastide, en sortant de l'école, s'était rendu aussitôt chez ses parents qui habitaient rue Duhesme, au troisième étage, tout près du boulevard Ornano. Après avoir embrassé sa mère, il lui avait montré ses cahiers, ses notes de travail et de conduite. Il n'avait rien demandé, mais ses yeux brillaient. La mère avait regardé les petites joues pâles, le beau soleil qu'il faisait dehors; et elle avait dit, en tâchant de ne pas lui laisser voir combien elle était contente qu'il eût envie de jouer :

– Eh bien ! Prends ton cerceau. Attention aux voitures. Rentre à cinq heures.

Le cerceau était grand et solide ; trop grand pour la taille de Louis. Mais c'est lui-même qui l'avait choisi après de longues réflexions. Bien des jours avant de l'acheter, il l'avait remarqué à l'étalage d'un bazar [1], et s'était dit qu'on ne pouvait pas souhaiter un cerceau plus beau, peut-être à cause de l'aspect robuste et sain du bois, dont la couleur était franche, dont les lames s'ajustaient bien. Rien qu'à le regarder, on sentait comment il pourrait courir, bondir. Les dimensions du cercle l'avaient un peu inquiété. Mais Louis comptait grandir des années encore ; et il n'arrivait pas à imaginer qu'un cerceau qu'il aurait beaucoup aimé cesserait un jour de lui être cher, lui apparaîtrait comme un pauvre jouet d'enfant. Le seul motif de l'abandonner, ce serait justement qu'il devînt trop petit. En le prenant un peu grand, Louis ménageait l'avenir.

Donc, il avait descendu l'escalier de la maison, le cerceau accroché à son épaule. Une fois dans la rue, il s'était placé au milieu du trottoir, avait posé le cerceau bien droit, en le retenant légèrement avec les doigts de la main gauche. Puis il avait donné un coup sec. Le cerceau s'était échappé. La pointe du bâton l'avait rattrapé aussitôt pour le maintenir dans la bonne route ; et depuis, Bastide et le cerceau avaient couru l'un derrière l'autre ; un peu comme un enfant courrait derrière un chien qu'il tiendrait en laisse ; un peu aussi comme un cavalier se laisse

1. *Bazar* : boutique où l'on vend toutes sortes d'objets.

porter par son cheval, tout en ne cessant pas de l'exciter et de le guider.

Quand on a joué longtemps au cerceau, comme Louis Bastide, et qu'on a eu la chance d'en trouver un qu'on aime bien, on s'aperçoit en effet que les choses sont tout autres que dans une course ordinaire. Essayez de trotter seul ; vous serez fatigué au bout de quelques minutes. Avec un cerceau, la fatigue se fait attendre indéfiniment. Vous avez l'impression de vous appuyer, presque d'être porté. Quand vous éprouvez un instant de lassitude, il semble que le cerceau amicalement vous passe de la force.

D'ailleurs, on n'a pas toujours besoin de courir à grande allure. Avec du savoir-faire, on arrive à marcher presque au pas. La difficulté est que le cerceau n'aille pas se jeter à droite ou à gauche ; ou s'accrocher aux jambes d'un passant, qui se débat comme un rat pris au piège ; ou s'aplatir sur le sol après d'extraordinaires contorsions [1]. Il faut savoir se servir du bâton, donner des coups très légers, qui sont presque des frôlements, et qui accompagnent le cerceau. Il faut surtout, entre les coups, rester maître des moindres écarts du cerceau, grâce au bâton qui ne cesse, d'un côté ou de l'autre, d'en caresser la tranche, qui en soutient ou en corrige la marche, et dont la pointe intervient vivement à tout endroit où menace de naître une embardée [2].

Louis Bastide aurait pu ne plus penser à ces détails, car il jouait au cerceau depuis longtemps, et

1. *Contorsions* : mouvements acrobatiques, violents et inhabituels.
2. *Embardée* : brusque changement de direction.

il était devenu assez habile pour n'avoir plus besoin de calculer tous ses gestes. Mais il avait un fond de scrupule et d'inquiétude qui l'empêchait de rien faire d'un peu important avec distraction. Et il ne savait pas non plus être distrait pour prendre un plaisir. Dès qu'une occupation ne l'ennuyait pas, il s'y appliquait passionnément, et les moindres incidents lui en apparaissaient avec une netteté vibrante, avec une acuité [1] qui faisait de chacun d'eux quelque chose d'inoubliable. Il était né pour une présence très grande de l'esprit. Mais son attention ne l'empêchait pas de s'exalter. Et si la conduite même du cerceau ne cessait à aucun moment d'être pour lui une opération précise, effectuée dans une zone de lumière sans complaisance, la course à travers les rues devenait une aventure touffue et mystérieuse, dont l'enchaînement ressemblait à celui des rêves, et dont les péripéties [2] inexplicables l'amenaient peu à peu, et tour à tour, à des moments d'enthousiasme, ou d'ivresse, ou de soulevante mélancolie.

Dès le boulevard traversé, il avait pris la rue Championnet. C'était en ce temps-là une rue un peu déserte, assez blanche et lumineuse. Presque pas de hautes maisons. Des constructions basses et allongées, qui s'ouvrent sur des cours intérieures, et qui n'ont sur la rue qu'une fenêtre, qu'une lucarne, de loin en loin. Des portails. Des palissades. Un silence habituel, qui est rompu tout à coup par le passage tonitruant d'un camion à trois chevaux. Le

1. *Acuité* : intensité.
2. *Péripéties* : événements, souvent imprévus.

trottoir est clair, bien assez large. Et il est vide aussi. Le long mur qui file à votre droite vous accompagne comme un camarade. Il y a trois, quatre réverbères jusqu'au prochain croisement. Tout cela est plein de facilité, de sécurité, de bienveillance muette. Le ciel est spacieux. Une fumée d'usine, au loin, sort presque toute blanche, et fait à droite de la haute cheminée une bannière [1] onduleuse. Heureux l'enfant de Paris qui court le long de la rue tranquille. Il voit le ciel et la fumée. Le ciel, encore bleu et ensoleillé, dit pourtant que la nuit approche. Il s'appuie aux toits des hangars; et il vient ainsi tout près de vous. Mais du côté de la fumée, il est glorieux, profond, lointain. Ciel très cher, toujours cherché par les yeux, retrouvé de temps en temps, et qui ressemble ce soir à l'idée de l'avenir. Il ne promet rien, mais il contient on ne sait comment toutes sortes de promesses que le cœur d'un enfant de Paris devine. Il lui rappelle certains bonheurs vagues et tenaces qu'il a eus quand il était encore plus petit, encore plus enfant, et qui sont déjà sa mémoire, pendant qu'il court derrière le cerceau, déjà son passé à lui, incomparable et secret. Comme la fumée est belle! Une suite bien régulière de gonflements qui s'enroulent puis s'étalent. Quelque chose comme les nuages magnifiques de l'été, mais avec une volonté, une direction, un souffle; avec l'impression d'une source, et cette cheminée qu'on voit sortir de la ville; comme si la source de nuages, naissant des profondeurs de Paris, était portée là-haut dans le ciel.

1. *Bannière* : drapeau, étendard.

Parfois le cerceau prend un élan, se sauve. La pointe du bâton le poursuit, sans parvenir à le toucher. Et il s'incline légèrement, il vire. Il se comporte tout à fait à la façon des bêtes dont la fuite n'est pas longtemps raisonnable. Il faut savoir le rattraper sans trop d'impatience. Sinon, on risque de l'envoyer contre un mur, ou de le coucher à terre.

Quand le moment vient de descendre la bordure du trottoir, c'est un plaisir que d'attendre, que de surveiller le petit bond du cerceau. On se dit qu'on a bien affaire à une bête, fine et nerveuse. Et ensuite, jusqu'au trottoir d'en face, elle ne cesse plus de bondir sur les pavés, dans les interstices [1], avec toutes sortes d'irrégularités, et changements de front [2] capricieux.

Louis Bastide se donne le sentiment qu'il a une mission à remplir. On l'a chargé d'une certaine course, d'une chose à porter, ou peut-être à annoncer. Mais l'itinéraire n'est pas simple. Il faut le suivre, en respectant tout son imprévu, toute sa bizarrerie, à la fois parce qu'il y a une loi, et parce que des périls ou des ennemis sont à éviter. Voici l'immense mur de la gare des marchandises, et la rue des Poissonniers dont les becs de gaz [3] sont si étranges. Ils ont une couronne, comme les rois, une auréole [4], comme les martyrs [5]. La mission de Louis

1. *Interstices* : fentes.
2. *Changements de front* : revirements brusques dans la direction.
3. *Becs de gaz* : lampadaires, réverbères publics fonctionnant au gaz.
4. *Auréole* : cercle doré censé entourer la tête d'un saint.
5. *Martyr* : personne qui a subi un supplice et affronté la mort pour avoir persisté dans sa croyance religieuse.

demande qu'il prenne par la gauche en traversant la chaussée, et qu'il aille vers les fortifications [1] en suivant le long mur, en passant au pied des becs de gaz si étranges. Le jour baisse un peu. La rue commence à se remplir d'une pénombre bleuâtre, et d'un air presque froid. Le ciel reste lumineux, mais s'éloigne encore. Il n'est plus question des promesses qu'il peut contenir pour un enfant qui lève les yeux. Louis s'oblige à garder un petit pas de course très égal, à peine plus rapide que la marche d'une grande personne. Le cerceau l'aide visiblement. Cette espèce de roue frêle, qui pourrait rouler si vite, ralentit pour ne pas fatiguer Bastide. De ce train-là, on irait jusqu'au bout de Paris.

Le pont sur le chemin de fer de ceinture. Que dit la mission? Qu'il ne faut pas le franchir, qu'il faut tourner à gauche par la rue Béliard.

La rue Béliard fait penser à un chemin de banlieue. Au loin, dans les départements, il doit y avoir beaucoup de chemins semblables où passent, au jour tombant, les voyageurs, les diligences. Louis revoit une vignette[2] d'un livre de classe; aussi l'image d'un calendrier de la poste, et surtout un dessin dans un vieil agenda des Magasins du Bon Marché [3]. Il est beau d'arriver de loin. Les maisons du bord de la route vous regardent avec étonnement. Chacun interroge votre visage; et se dit :

---

1. *Fortifications* : ouvrages de défense militaire qui entouraient Paris, le long des actuels boulevards extérieurs.
2. *Vignette* : illustration.
3. *Magasins du Bon Marché* : situés rue de Sèvres à Paris et fondés par les Boucicault en 1852.

«Comme il doit être fatigué!» Mais les gens se trompent s'ils croient que Louis vient pour eux. Le but est bien au-delà, et il faut y arriver avant la nuit, «avant d'être pris par la nuit», comme on lit dans les livres. Tout au plus, Louis fera-t-il ici une courte halte. Le courrier [1] ne descend même pas de cheval. Il met sa bête au pas, au petit pas; en passant devant l'abreuvoir, il la laisse boire un peu. Si on lui pose des questions, il se gardera de répondre; ou il se contentera de «paroles évasives [2]».

C'est ainsi que le brave petit cheval, si fidèle à son maître, reprend le souffle. Il vaut mieux ne pas s'occuper de la tranchée du chemin de fer de ceinture [3] qui est à droite. Sinon, le charme est rompu. À moins qu'on ne pense aux montagnes. Dans les pays de montagnes, le chemin de fer, en traversant beaucoup de tunnels, s'avance jusqu'à un village. Une fois par jour au plus, les montagnards guettent l'arrivée du train. Dans l'auberge, qui est cette baraque entourée d'un talus, en face de la tranchée, des buveurs attendent en jouant aux cartes. Ce sont, par exemple, des chasseurs descendus de la montagne. Ils ne viennent pas prendre le train, car pour rien au monde ils ne quitteraient leurs pays; mais pourtant ils attendent. Louis suppose qu'il entre un instant dans l'auberge. Il laisse le cerceau dehors, rangé contre le mur. Il garde son bâton à la

1. *Courrier* : porteur de dépêches, puis de lettres, à cheval ou en malle-poste.
2. *Évasives* : qui ne donnent aucun renseignement précis.
3. *Chemin de fer de ceinture* : réseau de voies ferrées qui encerclait Paris.

main, de même qu'on garde une cravache. « Un coup de vin, monsieur ? – Oui, mais sans m'asseoir, parce que je n'ai pas le temps... À votre santé !... Est-ce qu'il fait froid dans la montagne ? – On dit que tout là-haut le col est couvert de neige. Mais vous passerez, si vous ne vous laissez pas prendre par la nuit. »

Le courrier repart. Ici commence la route qui s'élève vers la montagne, qui conduit au col obstrué [1] par la neige.

Comme c'est beau, une rue qui monte droit devant vous, et qui se termine au loin sur le ciel ! Celle-ci est belle particulièrement, parce qu'elle n'en finit plus, et parce qu'elle fait croire, au-delà, à quelque immense précipice. Le père de Louis l'appelle « chaussée » Clignancourt, et non pas « rue » comme les autres. Louis ne sait pas pourquoi, mais il ne s'étonne pas que cette rue merveilleuse ait une désignation à part.

La mission, maintenant, c'est d'arriver là-haut avant d'être « pris par la nuit » ; plus haut même que ce qu'on aperçoit ; jusqu'au sommet de la Butte [2]. La mission ce sera de faire une sorte de reconnaissance, en suivant le bout de la rue Lamarck, pareil à un chemin taillé dans le roc, d'où l'on voit tout Paris, par-dessus les nouveaux jardins.

Bien qu'avant la montée il y ait encore un assez long morceau de plaine, et que le cerceau file sans qu'on le touche, comme s'il était poussé par le vent, Louis s'impose une allure très modérée. En

1. *Obstrué* : bouché.
2. *La Butte* : la butte Montmartre.

revanche, il prend l'engagement de ne pas ralentir dans la montée, tant qu'il n'aura pas atteint le col « obstrué par la neige ». Ensuite, l'allure sera libre. On aura quitté la route. On sera dans des sentiers où il est permis et même prudent de descendre de cheval.

Mais c'est bien loin encore ! Bastide a besoin de tout son courage ; aussi de toute sa sagesse. Il résiste à la tentation d'aller vite. Il aborde avec prudence les carrefours dangereux. Sa mère lui a recommandé de prendre garde aux voitures. Louis n'a aucune envie de mourir. Mais le désespoir qu'aurait sa mère l'épouvante plus que la mort. Le brancard montant l'escalier : « Mon petit Louis ! Mon pauvre petit enfant ! » Les débris du cerceau qu'on mettrait peut-être avec le corps. Le bâton qu'il aurait peut-être gardé dans sa main.

Pourtant il est difficile de se soustraire à une loi qu'on s'est donnée. Traverser le boulevard Ornano en suspendant le cerceau à son épaule, Louis ne peut s'y résoudre. Il a même l'impression qu'il en serait puni d'une façon ou de l'autre. Les lois qu'on se donne à soi-même, ou plutôt les ordres qui vous viennent d'une profondeur mystérieuse, n'acceptent pas qu'on les enfreigne [1], ni qu'on ruse avec eux. On risquerait beaucoup moins en désobéissant à un maître visible. Louis a le droit de s'arrêter, lui et le cerceau, l'un s'appuyant sur l'autre. Mais tant que la course n'est pas finie, le cerceau ne doit pas quitter le sol, cesser de

1. *Qu'on les enfreigne* : qu'on ne les respecte pas, qu'on leur désobéisse.

toucher le sol; car en même temps il cesserait d'être « vrai ».

Heureusement la rue Marcadet à son tour est franchie. La grande montée commence. Louis, qui ne connaît guère les autres quartiers, pense que dans tout Paris il n'existe pas une pente plus honorable à vaincre. Celui qui est capable de la gravir, sans que le cerceau qu'il mène s'abatte ou se dérobe, ne serait déconcerté [1] nulle part. Mais les passants manquent d'intelligence. S'ils comprenaient la valeur de l'épreuve, ils n'hésiteraient pas à se ranger; au lieu de faire ces mines agacées, ou de regarder l'enfant avec une pitié méprisante.

C'est ainsi que Louis Bastide était arrivé au palier [2] de la rue Custine. Il avait aperçu Clanricard [3], l'avait salué hâtivement en portant la main à son béret. Le maître regardait ailleurs. Bastide, qui avait une grande affection pour lui, ne pouvait pourtant pas s'arrêter. La loi particulière qu'il s'était formulée au bas de la pente lui commandait de gagner d'un seul trait le « col obstrué par la neige ». Il aurait voulu pouvoir expliquer à son maître qu'il ne s'imposait pas un tel effort pour son plaisir.

Il continua donc son élan, et ne consentit à souffler que lorsqu'il fut en haut de la rue.

1. *Déconcerté* : surpris.
2. *Palier* : ici, plate-forme créée par le carrefour de la rue Custine et de la rue de Clignancourt.
3. *Clanricard* : Clanricard est l'instituteur de Louis Bastide.

Ensuite, c'était presque un repos. Louis avait le droit de monter la rue Muller au pas. Il pouvait même, pour aider son cerceau à garder l'équilibre, le soutenir doucement avec la main gauche, le bout des doigts frôlant la tranche du bois. Dans les sentiers de montagne, le plus habile cavalier met pied à terre, et prenant par la bride son cheval, même excellent, le soutient, l'aide à ne pas trébucher. Tout cela restait dans la règle.

Parvenu au bas de la rue Sainte-Marie, il se demanda s'il passerait par la rue même, ou par l'escalier. Il choisit l'escalier. L'autre chemin était beaucoup plus long, et n'offrait aucune occasion de renouveler les péripéties de l'aventure. Pour ce qui était de monter un escalier comme celui-là avec un cerceau, la règle à suivre s'indiquait toute seule.

Pendant que Louis se servirait des marches, en se tenant le plus possible sur la gauche, le cerceau emprunterait la bordure de granit. On l'aiderait du bâton et de la main. La manœuvre était délicate; d'autant plus que le rôle principal revenait à la main gauche. Le cerceau, vous échappant, pouvait bondir en arrière; par une suite de bonds, s'enfuir très loin, et aller se faire écraser sous une voiture. Mais pour éviter ce malheur, il suffisait d'être très attentif, c'est-à-dire d'aimer beaucoup son cerceau.

À mesure qu'il grimpait les marches, Louis rencontrait un air plus vif, moins atteint par la pénombre. La falaise de maisons, à droite, se décrochait par élans successifs, du même mouvement que l'escalier, et recevait encore à la cime un jour oblique, mais éclatant. Les vitres des derniers étages restaient brûlantes de reflets. Des femmes, sans quitter le fond de leur chambre, pouvaient voir se coucher le soleil. Et l'enfant avait envie de se hisser plus vite, comme si là-haut, sur la corniche [1] de la Butte, il y avait toute la joie, tous les jeux, toutes les aventures de l'avenir. Même la rumeur de Paris lui passait dans le corps, sans qu'il eût l'idée de l'entendre. Monte, cerceau agile ! Les trains sifflent dans les faubourgs en plaine. L'enfant des rues basses reconnaît distraitement leurs cris, comme s'il était né parmi les oiseaux de la mer. Les toits innombrables tintent ; leurs frissons et leurs crépitements rayonnent par-dessus les feuilles des jardins abrupts. Pareil aux rumeurs, le cerceau lui aussi bondit et monte. L'enfant de Paris, en cherchant à reprendre haleine, aspire un bruit de destinées qui lui arrive de partout.

Quand enfin Louis Bastide se trouva rue Lamarck, arrêté, tremblant de fatigue, le cœur battant trop fort, son cerceau bien rangé contre lui, (il s'appuyait dessus, du creux de l'aisselle [2], et il sentait plier le bois élastique), l'ombre commençait à sortir de toute l'épaisseur et par toutes les fissures de la ville du monde la plus dense. À mi-hauteur entre la terre et la nue [3], les parties du crépuscule se rassemblaient peu à peu comme font les murmures d'une foule ; et si là-haut la lumière azur et or du

1. *Corniche* : route ou chemin bordant une colline, une montagne ou tout relief escarpé.
2. *Aisselle* : creux formé par l'articulation du bras et de l'épaule.
3. *La nue* : le ciel, l'espace (nuageux ou non).

6 octobre continuait à chanter, c'était toute seule. Paris déjà ne l'entendait plus.

Devant le porche du Sacré-Cœur, des provinciaux, des étrangers, arrivés de la veille, regardaient Paris gagné par les mouvements onduleux de l'ombre, et se faisaient désigner les monuments. D'autres, au loin, quittaient la lanterne du Panthéon, les tours de Notre-Dame, s'attardaient dans l'escalier de la Tour Eiffel, tout transis de vent et de vide. Du balcon de son atelier, rue Caulaincourt, un peintre voyait houler [1] les faubourgs du Nord, avec leurs usines, leurs fumées, les flocons blancs des locomotives jusqu'aux coteaux de Pierrefitte. Un autre, par un vitrage poussiéreux et fêlé, au dernier étage d'une vieille maison de la rive gauche, découvrait une échappée très singulière sur des cheminées et des pignons [2]. Des autobus à impériale [3] se croisaient sur le Pont-Neuf. Accoudée à sa fenêtre, Germaine Baader [4] regardait s'éloigner Gurau, qui s'était attardé auprès d'elle. Les toits du Louvre brillaient encore d'un côté. La Seine envoyait une haleine noire et froide. Germaine rêvait aux rois et aux favorites; aux palais, aux prisons, aux noyés; aux chemins de la puissance qui sont durement tracés par les hommes et où se promènent de belles femmes. Dans le centre, les

1. *Houler :* rouler sans fin, à la façon du mouvement des vagues en pleine mer.
2. *Pignons* : sommets, faîtes triangulaires d'un toit ou d'un mur.
3. *Autobus à impériale* : autobus surmontés d'une galerie, couverte ou non, recevant des passagers.
4. *Germaine Baader* : personnage féminin des *Hommes de bonne volonté*, actrice, maîtresse du député Gurau.

amples mouvements du soir, les longues montées vers le Nord et vers l'Est, pareilles à un souffle interminable, s'annonçaient à peine. L'animation avait abandonné l'intérieur de la Bourse et des banques, diminuait aux étages des immeubles commerciaux, mais pour augmenter et s'alourdir dans les rues. Les boutiques s'allumaient par le fond. La rumeur faisait des nodosités [1]. Rue Lamarck, Louis Bastide, faufilant son cerceau entre les visiteurs inquiets et les marchands de médailles, avait repris sa course, et un enfant redescendait se confondre avec la masse de la ville où naissait le pétillement de la nuit.

1. *Nodosités* : nœuds, renflements.

2. Les chaussures jaunes

Arrivés au coin de la rue de la Chapelle, Louis Bastide et sa mère, qui avaient jusque-là marché d'un pas décidé, s'arrêtèrent, regardant à gauche et à droite.

– Papa, fit Mme Bastide, a dit que nous ne pouvions pas nous tromper. Je pense que c'est en face.

– Veux-tu que j'aille voir?

– Mais non. J'aime mieux que nous traversions ensemble. La rue de la Chapelle est une des plus mauvaises. Avec tous ces gros attelages. Les fers des chevaux glissent. Le cocher a beau tirer. Tu penses, quand il faut retenir trois ou quatre chevaux de cette taille-là.

– Ou même six... J'ai vu des camions avec six. Je t'assure, maman. Trois par trois.

– Cinq peut-être, mais pas six. Tu ne verras jamais trois chevaux en avant d'un attelage.

Louis rougit de contrariété; mais il s'empêcha de répondre, car il sentait que la discussion n'en finirait plus. Sa mère était autoritaire et obstinée. Malgré sa tendresse, elle aimait contredire et avoir le dernier mot. Il ne fallait pas, pour le plaisir de lui tenir tête, gâcher une belle journée. Et pourtant rien n'est plus douloureux que de se taire quand on sait qu'on a raison.

C'était bien la rue Riquet qui débouchait en face.

– Nous trouverons facilement la boutique. Cette dame m'a dit qu'elle ne se rappelait plus le numéro, mais que c'était juste avant le pont sur le chemin de fer, à droite, une boutique brune.

Quelques jours plus tôt, après avoir donné les places d'une composition, M. Clanricard avait appelé Louis Bastide à la sortie de la classe, et lui avait confié :

– Tu viens d'être premier deux fois de suite. J'ai regardé tes notes du reste de l'année. Si tu ne fais pas trop de bêtises dans le mois qui vient, je crois bien que je te donnerai le prix d'excellence [1].

Louis avait répété le propos à sa mère, sauf le membre de phrase : « Si tu ne fais pas trop de bêtises dans le mois qui vient. » Il l'avait supprimé pour ne pas diminuer l'ivresse qu'il éprouverait en voyant sa mère écouter la nouvelle avec ravissement. D'ailleurs sa mère, qui avait l'esprit tourmenté, se serait jetée sur ce petit bout de phrase, et n'aurait plus pensé au reste : « Tu entends ! Si tu ne fais pas trop de bêtises ! Il t'avertit. Ce serait tout de même malheureux d'aller perdre ton prix pour des étourderies de la dernière minute. »

Il se reprochait maintenant cette omission [2] volontaire. Il se la reprochait d'autant plus que, le surlendemain de la bonne nouvelle, sa mère avait soudain déclaré :

– Jeudi, nous irons t'acheter une paire de chaussures jaunes. C'est pour que tu les aies le jour des prix, et que tu aies le temps de les briser [3] d'ici là en

---

1. *Prix d'excellence* : prix décerné à l'élève qui s'est le plus distingué dans l'ensemble des matières.
2. *Omission* : oubli, lacune.
3. *Briser* : ici, assouplir.

les mettant deux ou trois fois, le dimanche. Et puis, comme ça, ça te fera plaisir tout de suite. Puisque tu as bien travaillé.

Mme Bastide avait entendu parler, à plusieurs reprises, par des dames rencontrées au marché du boulevard Ornano, d'un marchand de chaussures de la rue Riquet. Un tout petit magasin, mais où l'on vendait « au prix de fabrique ». « Surtout dans la chaussure d'enfants, ou dans les petites tailles, ou dans les pointures trop grandes, c'est très avantageux, vu la qualité. Il a ça directement. » Ces dames appelaient ce marchand : « le Juif de la rue Riquet [1]. » Elles n'étaient peut-être pas tout à fait sûres qu'il fût Juif. Et, dans cette hypothèse, elles auraient eu de la peine à expliquer comment ce petit boutiquier juif s'y prenait pour avoir la marchandise plus « directement » qu'un autre. Mais l'acheteur, et surtout l'acheteuse, ont besoin, pour se résigner à leur sort de clients, d'imaginer, derrière la trop claire réalité commerciale, une légende du commerce, où il y a place pour des hasards étranges, pour du merveilleux, pour divers mystères consolateurs. [...]

Mme Bastide était très sensible à cette légende du Commerce [2]. Une bonne part de son activité

---

1. *Le Juif de la rue Riquet* : nombre de commerçants et artisans (dans la confection et les articles de peau et de fourrure) étaient à l'époque d'origine juive. Cela était surtout dû au fait que, pendant très longtemps, les Juifs émigrés n'avaient pas eu le droit de posséder de terres et s'étaient donc spécialisés dans les métiers du commerce et de la finance.

2. *Commerce* : avec un C majuscule, pour insister sur le caractère noble et intimidant de cette activité dans l'esprit de Mme Bastide.

d'esprit était faite de vigilance aux occasions. Là-dessus elle recueillait tous les dires. Même quand ils lui paraissaient douteux, et qu'elle renonçait à en tenir compte, une voix de sa conscience l'accusait encore de paresse. Elle traversait Paris, de la rue Duhesme au boulevard Sébastopol, aller et retour, quand elle apprenait que Potin [1] vendait un sou de moins le sucre et les haricots blancs. Il est facile de sourire, de parler d'avarice aveugle. M. Bastide gagnait deux cent dix francs [2] par mois, et l'on disait autour de lui qu'il avait une «bonne place», de celles qu'un père de famille tremble de perdre. Deux cent dix francs par mois font sept francs par jour. Sept francs ne forment pas un tas de sous bien considérable. Dans le tas, chaque sou reste perceptible. Il ne peut pas s'en aller, même bouger pour s'en aller sans qu'on le voie. Il est tout naturel qu'une surveillance obligée d'être aussi constante devienne un peu maladive, passe un peu le but. S'abandonner au hasard, comme certains, se laisser dériver les yeux fermés vers les dettes [3], la misère, l'hôpital; ou bien en venir à une susceptibilité nerveuse en matière de dépense, à une défiance [4] extrême envers chaque sou qui demande à partir, faire pour le garder plus qu'il ne mérite; il n'y a

1. *Potin* : épicerie parisienne créée par Félix Potin et devenue ensuite une chaîne de magasins, disparue aujourd'hui.
2. *Deux cent dix francs* : sur la valeur de l'argent au début du siècle, voir p. 28.
3. *Dettes* : emprunts (souvent faits par nécessité) qu'il faut rembourser un jour ou l'autre.
4. *Défiance* : méfiance soupçonneuse.

guère d'autre alternative [1] quand votre mari gagne deux cent dix francs par mois.

Louis pensait à ses chaussures jaunes. Mais il n'y tenait pas encore beaucoup, parce qu'elles n'étaient pas encore à lui. Il ne les avait même pas vues. Le désir qu'il en avait restait donc assez vague. Il songeait plutôt à « la boutique du Juif ». Il se la représentait étroite de façade, et très profonde, avec de nombreux clients venus de tous les coins de Paris, assis, et tendant leur pied déchaussé.

D'ailleurs cette promenade elle-même l'intriguait, au point de lui faire battre le cœur. Ils avaient suivi la rue Ordener, qu'il connaissait bien jusqu'au pont qui traverse la ligne du Nord [2]. Il aimait profondément le kiosque vitré qui se trouvait au milieu du pont, et qui servait d'abri aux voyageurs pour la halte dite du Pont-Marcadet. On pouvait entrer librement dans ce kiosque, s'y tenir, regarder les voies à travers la vitre. On ne restait jamais plus de quelques minutes sans voir s'en aller un train. Louis avait souvent entendu dire, par son père et des amis de son père, que les trains de la ligne du Nord étaient les plus rapides. Il les considérait avec une estime particulière. Quand une locomotive d'express [3] sortait de dessous le pont, Louis se hâtait de la saisir des yeux à travers la fumée dont elle aspergeait le kiosque. Il cherchait aux contours de la

1. *Alternative* : choix, possibilité.
2. *Ligne du Nord :* ligne de chemin de fer partant de l'actuelle gare du Nord.
3. *Express* : train rapide.

machine, à une forme de cheminée, des significations de vitesse et de puissance.

Mais en traversant la rue de la Chapelle, il passait les limites de ses courses au cerceau les plus aventurées [1]. L'au-delà était nouveau pour lui. Ou du moins toute une vaste région, que certaines de ses promenades antérieures du dimanche, avec ses parents, avaient contournée sans la pénétrer. Sur la gauche, il se souvenait qu'il y avait les remparts et le boulevard d'enceinte [2], qu'on lui avait fait suivre un jour jusqu'à la porte de Flandre. Sur la droite, un grand chemin familier et facile, le boulevard de la Chapelle, que continue la rue Secrétan. C'est par là qu'on l'avait mené bien des fois aux Buttes-Chaumont. Les Buttes-Chaumont devaient être quelque part en avant à grande distance. Assez haut dans le ciel. Peut-être qu'on y serait arrivé en marchant longtemps droit devant soi. Mais il n'est pas toujours commode de marcher droit devant soi. On tombe sur des murs. Ou la rue tourne et se divise. Il faut choisir. S'il y avait eu une échancrure [3] suffisante entre les pâtés de maisons, on les aurait peut-être aperçues au loin. On les aurait vues, un peu suspendues dans le ciel, au-dessous d'un bourrelet de nuages noirs : les Buttes-Chaumont, ce parc étonnant, où l'on trouve des pentes de montagne, de vrais ravins, des grottes, des lacs, des manèges de chevaux de bois, une foule très serrée qui se

1. *Aventurées* : lointaines et audacieuses.
2. *Boulevard d'enceinte* : actuels boulevards extérieurs (dits « des maréchaux ») entourant Paris.
3. *Échancrure* : découpure.

déplace avec peine; une grande fatigue du soleil et du dimanche; de la galette feuilletée qu'on mange avidement et qu'on digère mal.

Mais là, juste en face, où pénétrait la rue Riquet, et dans ces autres rues dont on entrevoyait les commencements, et du côté de ces cheminées là-bas, tout restait à découvrir.

Louis ne désirait pas s'y jeter trop vite. Il aimait mieux prendre son temps. Il pressentait déjà que le monde qui nous est donné n'est pas infini, et que, si l'on n'y va pas avec certaines précautions, on risque de l'épuiser plus tôt qu'il ne faudrait.

Il était heureux de ne pousser d'abord que jusqu'à cette boutique. Un petit bout d'avance réelle dans le pays inconnu suffit déjà à changer le point de départ des rêveries. Ensuite les rêveries pourront partir de plus loin, s'enfoncer, circuler dans des fantômes de quartiers, vagues et mobiles, où l'on sera peut-être des mois sans aller réellement. Les rêveries travaillent morceau par morceau les régions inconnues, les préparent, les arrangent pour le jour où vous y entrerez en personne, avec vos yeux. Seulement, ce jour-là, ne s'expose-t-on à être déçu? Peut-être. Mais Louis Bastide ne se souvient pas d'avoir été déçu. Il est vrai que les choses sont presque toujours autres qu'on ne les avait vues dans les rêveries. Mais justement c'est «autre chose». Et l'on est bien content que ces autres choses, qui se trouvent être celles qui existent réellement, viennent remplacer les rêveries qu'on commençait à trop connaître.

Ce quartier est singulier. La rue Riquet ne ressemble à aucune de celles que Louis a suivies ailleurs. Il ne se rappelle déjà plus comment il l'imaginait, quand il n'en savait que le nom. Les boutiques sont plus mesquines [1] qu'à Montmartre. Les gens, plus mal vêtus. Ils ont une physionomie dure et mécontente. Les façades sont plates, noirâtres, sans ornements. La plupart n'ont que trois ou quatre étages, et des fenêtres exiguës [2]. Mais il passe un nombre étonnant de lourdes voitures, de camions. Louis rêve qu'il est dans une autre ville. Au-delà de ce qu'il découvre, au-delà de ces gens au visage dur, et de ces petites façades noirâtres, il doit s'étendre des régions plus mouvementées, plus bruyantes, plus difficiles que tout ce qu'on connaît; de merveilleux alignements de cheminées d'usine; des murs encore plus interminables que ceux qu'on a longés en haletant derrière son cerceau; de vastes espaces enfermés dont on n'aperçoit rien, dont on n'entend sortir qu'une rumeur, que des sifflements, que de grandes clameurs métalliques. Il doit y avoir des travaux à perte de vue; des ponts où les camions résonnent, et soudain de petites rues où l'on est seul. On doit pouvoir errer pendant très longtemps, sans avoir l'impression d'être enfin arrivé plus loin, et pourtant sans jamais revenir deux fois à la même place. Il y aurait toujours ces gens aux visages durs et moroses. Nulle part on ne frissonnerait plus continuellement à l'idée de se perdre. Avant de s'aventurer tout à fait dans ces régions, il faudrait y avoir rêvé bien des fois, s'être donné le temps d'essayer peu à peu dans sa tête toutes sortes de suites,

1. *Mesquines* : petites, étroites, sans allure.
2. *Exiguës* : étroites.

de détours, de façons de s'égarer et de se retrouver; s'être habitué à ne rien reconnaître et à ne demander pourtant son chemin à personne.

Mme Bastide inspectait les boutiques une à une.

– Voilà. Je crois bien que c'est ça.

Louis ne pensait plus guère aux chaussures jaunes. Il n'avait pas envie de faire attention au Juif, ni de répondre à des questions, ni de donner son avis. Ses idées étaient parties dans une autre direction. Elles s'engageaient dans des rues inconnues, rencontraient des carrefours, des passants à figure inquiétante.

Mme Bastide disait :

– Celles-ci te plaisent? Elles ne te font pas mal? Vas-tu te décider à écouter quand je te parle?

Il n'était décidé qu'à se laisser faire. Il savait d'avance qu'on lui achèterait des chaussures un peu trop étroites. Sa mère estimait que des chaussures où l'on est à l'aise encouragent le pied à grossir, et elle voulait qu'il eût le pied fin. Louis pensait qu'en principe elle avait raison. Personnellement il eût préféré accepter le risque de voir son pied grossir, et ne pas endurer une meurtrissure qui lui était spécialement pénible. Mais il n'en était plus à apprendre que les actions les plus louables sont celles auxquelles notre nature répugne [1].

Au reste, une fois chaussé, il dut convenir que la paire choisie lui allait bien. Son contentement se montra dans ses yeux. Il laissa tomber sur ses vieilles bottines un regard étonné : il ne les aurait pas crues si laides.

1. *Répugne :* résiste, éprouve de la réticence.

Sa mère lui dit :

– Est-ce que cela te plairait de les garder aux pieds pour rentrer à la maison ?

Elle avait hésité avant de lui faire cette offre. N'était-ce pas exposer les talons et les semelles à une usure bien prématurée, et peu justifiée un jour de semaine ? Mais puisque le petit garçon avait l'air si fier de ses chaussures neuves, et qu'on les lui achetait pour le récompenser, il fallait lui laisser goûter son plaisir pendant qu'on en était sûr. Une chose qui nous paraît belle et bonne aujourd'hui ne sera pas mauvaise dans trois jours. Mais lui ferons-nous les mêmes yeux ? La joie est capricieuse.

Louis ressortit donc de la boutique du Juif avec ses chaussures dont il était fier et qui lui faisaient mal. Maintenant, il pensait beaucoup à elles. La petite douleur physique qu'il en recevait ne lui était pas désagréable. Elle l'aidait à ne pas se distraire un instant de l'idée qu'il possédait un nouveau bien, et qu'une partie au moins de sa personne resplendissait d'élégance. (On perd si vite cette impression. Quand on arbore [1] un vêtement neuf, ce n'est vraiment que le premier jour qu'on se sent regardé, et qu'on éprouve soi-même le surcroît [2] de rayonnement et de prestige dont on est porteur. Ne pas savourer avec soin ce plaisir du premier jour, c'est donc faire un gâchage [3] irréparable.)

1. *Quand on arbore* : quand on porte de manière un peu orgueilleuse.
2. *Surcroît* : supplément.
3. *Gâchage* : gâchis.

Comme il avait l'âme facile à émouvoir et à contenter, il se trouvait récompensé bien au-delà de ses mérites. À vrai dire, il ne pensait plus à son péché d'omission volontaire. Ses scrupules se formaient d'un autre côté. Ne se laissait-il pas traiter en enfant trop gâté auquel les parents se sacrifient ? Et puis, d'une façon plus générale, il était inquiet de voir que les choses allaient si bien pour lui, et autour de lui. Seul le bonheur dû à ses rêveries, ou à des jeux dont il tirait de lui-même toute la substance [1], ne l'inquiétait pas, si complet, si enivrant qu'il pût devenir. Mais une trop grande complaisance [2] des choses extérieures le rendait anxieux.

Il avait pris tendrement la main de sa mère, comme lorsqu'il était plus petit.

De temps en temps, elle l'observait du coin de l'œil, pour profiter elle-même du plaisir de son enfant. Elle regardait aussi du côté des chaussures. Elle constatait avec satisfaction que Louis s'efforçait de marcher sans tourner aucunement les pieds, sans se frotter les chevilles ; qu'il faisait vraiment tout son possible pour que l'étrenne [3] un peu irrégulière de ses chaussures eût lieu sans presque laisser de traces. Mais tandis qu'ils avançaient dans la rue Ordener, elle s'aperçut que la mine de l'enfant devenait soucieuse. Il regardait assez fixement devant lui. Il avait l'air de poursuivre une idée un peu difficile pour lui, un peu lointaine.

– À quoi penses-tu, mon petit ?

1. *La substance* : la matière, la nourriture.
2. *Complaisance* : gentillesse excessive.
3. *Étrenne* : première utilisation.

– À rien.

– Tu n'es plus content ?

– Oh si !

– Mais alors ?

– Combien ont coûté mes chaussures ?

– Neuf francs cinquante. Tu n'as pas entendu quand je marchandais [1] ? (Il avait entendu ; mais il craignait de s'être trompé.) Il n'a voulu me rabattre que huit sous. Oh ! Elles sont chères. Mais c'est tout à fait de l'article de luxe. Le cuir est très beau. Et tout en ayant le bout allongé, je suis sûre qu'elles te serrent à peine.

– Dis, maman…

– Quoi ?

– Combien est-ce que papa gagne par jour ?

– Mais qu'est-ce que tu vas chercher là ? De quoi t'occupes-tu ?

Elle avait presque rougi. Toutes sortes de pudeurs l'envahissaient en face de son enfant. Elle trouvait sa question déplacée. Et elle lui aurait répondu plus vivement encore ; mais, dans les yeux grands ouverts qui regardaient toujours devant eux, les prunelles faisaient une lueur très sérieuse. Elle ne se sentit même pas le courage de mentir.

– Ce que gagne papa… Eh bien ! C'est encore très joli ce qu'il gagne. D'abord on le paye au mois. Dimanches et fêtes. Qu'il travaille ou qu'il se repose… ce n'est pas comme d'autres… C'est un grand avantage sur les ouvriers.

– Oui, mais ça lui fait combien par jour ?

1. *Je marchandais* : je discutais le prix.

– Par jour de vrai travail ?

– Je ne sais pas… non… Par jour, quoi, par jour pour vivre.

Elle rougit de nouveau.

– Je n'ai pas fait le compte… Pas dix francs évidemment. Il n'y a que déjà les gros employés qui gagnent dix francs.

– Ah !… pas neuf francs non plus ?

– En tout cas, ce n'en est pas tellement loin. Mais de quoi vas-tu t'occuper ?

Elle se pencha un peu pour l'examiner de plus près. Son air radieux de tout à l'heure était complètement parti. Il avait un petit froncement des sourcils, un frémissement des lèvres. Ses yeux continuaient à regarder devant lui ; mais autour de leur lumière sombre, il y avait maintenant un voile humide. Il serrait plus fort la main de sa mère.

Elle fut saisie tout à coup, atteinte au cœur par la pensée qui tourmentait son enfant. Elle fit un grand effort pour empêcher ses propres larmes de venir. Penchée sur lui, caressant ses cheveux, son béret, elle lui dit, sur un ton d'effusion sourde [1] :

– Mon petit garçon ! mon pauvre petit garçon ! mon petit Louis chéri !

1. *Effusion sourde* : élan sentimental un peu retenu et pudique.

3. Le jeu de la misère

Un peu avant sept heures, Mme Bastide avait dit à son fils :

– Ton père va bientôt rentrer. Tu vas aller chez le grand épicier de la rue Ramey. Tu sais ? Il fait une réclame de vermicelle. Tu m'en prendras deux livres à 0 fr. 35. Et puisque tu seras là, tu en profiteras pour me rapporter un paquet de tapioca [1] à cinq sous, et un kilo de cristaux [2] à trois sous. Tu n'oublieras rien ? Tu ne seras pas trop embarrassé ? Je vais te donner mon panier noir. Voilà vingt-deux sous. Ça fait juste ton compte.

Louis Bastide se sentit heureux d'avoir à faire cette course déjà un peu lointaine, et même de prendre ces responsabilités. Il avait besoin d'une excitation. La rentrée des écoles n'avait eu lieu que depuis quelques jours, et Louis, comme chaque année, en éprouvait un trouble durable ; moins parce que les vacances étaient finies, que parce qu'il devait s'habituer à un nouveau maître, à une nouvelle disposition de bancs dans la classe, à d'autres voisinages, à quelques camarades venus d'ailleurs ; se faire à l'idée que d'anciennes affections étaient rompues, qu'une estime [3], qu'il avait lentement acquise, était dissipée. Et l'on ne sait jamais si beaucoup

1. *Tapioca :* farine de manioc, en général accommodée en potage.
2. *Cristaux* : cristaux de soude, produit de nettoyage ménager très efficace.
3. *Estime :* intérêt admiratif.

d'attention et de travail suffiront à plaire au nouveau maître. La faveur des grandes personnes contient toujours des éléments mystérieux. De bons et de mauvais hasards ne cessent d'intervenir.

Les premières semaines de l'automne, avec leurs brumes, leurs fraîcheurs, les rues mouillées, l'avance rapide de la nuit, ont tout ce qu'il faut pour entretenir cette anxiété.

Chez l'épicier de la rue Ramey, dont la boutique, à cette heure-là, était pleine de clients, Louis attendit sagement son tour, bien décidé pourtant à ne pas permettre que quelqu'un de peu discret le lui enlevât.

Il regardait l'étalage intérieur, reconnaissait les diverses marchandises, vérifiait s'il se souvenait bien des prix. Depuis quelque temps, il jouait parfois dans sa tête à un jeu, qui était assez sévère, évidemment, mais qui n'était pas tout à fait triste ; qui comportait même un sentiment de courage, d'indépendance personnelle, presque d'aventure. Il se disait :

« Si je n'avais que trois francs, par exemple, et que je sois seul, tout seul, comment est-ce que je m'y prendrais pour vivre le plus longtemps possible ? »

Il n'avait aucune expérience de la faim véritable. Il ne lui échappait pas que même les jours où il avait eu l'impression d'avoir « très faim », il était encore resté fort loin des souffrances que produit le manque prolongé de nourriture. Mais il imaginait comment on peut passer de cet excès déjà pénible d'appétit à un délabrement [1] qu'il serait difficile de

1. *Délabrement* : dégradation.

supporter. Un jeudi matin, son père, qui se trouvait libre par un hasard exceptionnel, l'avait mené à une piscine de la rue Rochechouart. Louis s'était beaucoup agité dans l'eau, qui était tout juste tiède. Et comme, au départ de la maison, sa mère ne leur avait laissé prendre qu'un peu de café noir, sans même une bouchée de pain, « parce qu'il est très dangereux de se mettre à l'eau quand on a mangé », il se souvenait d'avoir été saisi, en sortant de la piscine, d'une fringale [1] extraordinaire. Son père lui avait acheté, chez un boulanger voisin (la boutique était au soleil), un pain de seigle d'un sou, piqué de raisins secs, et Louis l'avait dévoré avec un plaisir avivé de détresse qu'il ne pourrait jamais oublier.

Comme l'on avance sur la planche du plongeur sans faire soi-même le saut, ou comme l'on se penche à un balcon du sixième étage pour éprouver le vertige, Louis s'était donc avancé jusqu'à un point d'où l'on pouvait entrevoir, avec un peu de complaisance, les premières perspectives de la faim véritable.

L'on est seul. L'on ne possède en tout que trois francs. Il s'agit de retarder le plus possible le commencement de la faim véritable. Ou peut-être de la laisser commencer juste un peu, et de l'arrêter par le strict nécessaire de nourriture.

Voici deux casiers pleins de riz, sous leur couvercle de verre. Le prix est marqué. D'un côté, 0 fr. 20. De l'autre, 0 fr. 30. La livre [2], sans doute. Louis aime le riz. La qualité à 0 fr. 20 serait plus que suffisante. Il a même entendu parler d'un riz pour

1. *Fringale* : faim puissante.
2. *Livre* : mesure de poids équivalant à 500 grammes.

les poules, qui est sûrement moins cher. Admettons trois sous la livre. Malheureusement, il y a deux choses qui embarrassent le petit garçon : combien faut-il de riz à peu près, chaque jour, ou deux fois par jour, pour écarter, pour tenir en respect [1] la faim véritable? Une poignée? Mais qu'est-ce qu'une poignée? Pour empêcher un petit garçon de trop souffrir de la faim, est-ce une poignée de petit garçon qu'il faut, ou une poignée de grande personne? Et puis combien y a-t-il de poignées dans une livre? Rien n'empêcherait Louis de se représenter en imagination un tas de ces grains brillants, d'une certaine importance, et de convenir avec lui-même que cela fait une livre. Il pourrait encore décider tout simplement qu'une livre, c'est dix poignées, douze poignées. Mais il répugne à ces jeux arbitraires [2]. Au moins faudrait-il que la décision se prononçât toute seule dans son esprit, comme si elle était dictée par une voix plus sage.

Il y avait aussi la question de préparer le riz, de le rendre agréable. Ce n'est pas une grosse difficulté. Louis a vu sa mère opérer dans la cuisine. Sans y faire spécialement attention, il a retenu que le riz se cuit dans l'eau comme n'importe quoi d'autre. On y ajoute, si l'on veut, du lait et du sucre. À quel moment? Il ne l'a pas remarqué. Il sait aussi que le riz «s'attache [3]». Sa mère, à diverses reprises, lui a

1. *Tenir en respect* : intimider, empêcher d'avancer.
2. *Arbitraires* : qui ne sont pas liés à l'observation de règles, qui ne tiennent pas compte de la réalité.
3. *S'attache* : on dirait aujourd'hui «attache» (aux parois de la casserole).

confié le soin de le remuer dans la petite marmite de fonte, pendant quelques minutes où elle s'absentait.

Tout cela, non plus que la durée de cuisson, ne tracasse guère Louis Bastide. Les premières fois, les grains resteraient trop durs; ou bien ils formeraient une colle. Le lait ne serait pas mis au bon moment. Il y aurait peut-être un goût de brûlé. Ce sont là de petites mésaventures, qui vous agacent quand on a le droit de faire le difficile. Mais quand il s'agit seulement de diminuer la faim, ou d'empêcher qu'elle grandisse trop, qu'importe un goût de brûlé? Sans compter que l'apprentissage se fait vite.

Il tiendrait sa provision de riz dans une grande boîte de fer-blanc carrée, comme celles où l'on enferme les gâteaux secs. Il achèterait deux kilos de riz, à quatre sous la livre; (il ne se condamne pas encore au riz pour les poules). Les quatre sous qui lui resteraient de la première pièce d'un franc, il les consacrerait au sucre, peut-être au lait. Mais le lait se conserve mal, et n'est pas nécessaire.

Louis allait envisager l'emploi de la deuxième pièce d'un franc, et il commençait à diriger ses calculs du côté du tapioca et du vermicelle, quand vint son tour d'être servi.

4. Perdre sa place

En rentrant à la maison, animé encore du plaisir de ses rêveries, Louis Bastide trouva son père et sa mère dans la cuisine. Tous deux se taisaient, l'air accablé. À l'arrivée de l'enfant, Mme Bastide se leva, et parut s'occuper de la soupe qui était sur le feu. Mais elle y mettait de l'affectation [1].

Le père reçut distraitement le baiser de Louis, ne le regarda pas. Il avait des yeux que le petit garçon ne lui avait jamais vus.

Louis posa un à un ses achats sur la table sans oser dire un mot. Sa mère, au bruit, se retourna, aperçut les paquets, ne sembla pas comprendre d'abord ce qu'ils venaient faire; puis elle jeta sur son enfant un coup d'œil rapide, où il y avait du désespoir et de la tendresse. Elle prit les paquets, les rangea dans le buffet, en murmurant : « Merci, mon petit, tu es bien sage. » Louis étouffait de l'envie de pleurer.

Il y eut encore un long moment de silence. Ni le père ni la mère ne prenaient sur eux de délivrer l'enfant de la situation intenable où il était. On ne lui disait même pas de s'asseoir, ou de s'en aller dans une autre pièce.

Enfin les deux parents s'interrogèrent des yeux. Et la mère dit lentement, d'une voix unie [2] :

– Louis... Papa vient de perdre sa place.

1. *Affectation* : manque de naturel.
2. *Unie* : terne, sans modulation.

L'enfant les regarda l'un puis l'autre. Il ne savait pas s'il allait se jeter à leur cou, pleurer, ou se taire de toutes ses forces. Il se contenta d'ouvrir les lèvres et d'écarter un peu les bras du corps, comme quelqu'un qui assiste, paralysé d'horreur, à une catastrophe où il ne peut rien.

Après le dîner, qui avait été silencieux, et où chacun, pour ne pas attrister les autres, s'était efforcé de manger comme d'habitude, mais sans y parvenir, le père dit à voix basse, dans le vestibule, quelques mots à sa femme, et sortit.

Louis leva sur sa mère des yeux pleins d'angoisse.

– Papa, dit-elle, est allé voir un ami, qui a beaucoup de relations. Oh !... je ne pense pas que ça serve à grand-chose. Et il aurait bien pu attendre à demain matin pour déranger ces gens. Mais ça le remontera un peu de causer avec quelqu'un.

Mme Bastide avait pris un ouvrage de tricot. Elle fixait avec obstination les mailles, les aiguilles. Elle allait vite. Elle faisait de son mieux, comme pour conjurer le destin [1].

Louis n'osait pas poser la question qui ne cessait de le tourmenter depuis une heure. Comment son père avait-il pu perdre sa place, cette place si précieuse, dont sa mère et lui s'étaient entretenus, par allusions déférentes [2], le beau jour d'été où ils avaient acheté les chaussures jaunes ? Louis était

1. *Conjurer le destin* : détourner le mauvais sort.

2. *Par allusions déférentes* : à demi-mots respectueux.

habitué à respecter son père au point de ne pas même envisager que M. Bastide eût pu commettre une faute, ou une simple imprudence. D'ailleurs ses parents, fidèles à une règle générale de pudeur, ne parlaient jamais devant lui des affaires du ménage. Le petit garçon savait tout juste que, depuis un temps bien antérieur à sa naissance, son père travaillait chez un fabricant de porcelaines de la rue de Paradis, maison Yvoy, anciennement Yvoy et Kalkbrenner; qu'il était chargé de certaines expéditions; qu'il avait à manier des objets de valeur, par exemple de la belle vaisselle comme on en voit chez les gens riches; et qu'un tel emploi ne pouvait être confié qu'à un homme honnête, adroit et soigneux. Il n'avait pas cherché à en savoir plus, non par manque de curiosité, mais par réserve [1]. Un dimanche, son père l'avait laissé pénétrer dans le magasin. Mais Louis, dans la crainte d'être indiscret, ou de briser quelque chose, avait à peine osé respirer, et ne gardait, de son passage dans ce lieu encombré de richesses fragiles, qu'un sentiment d'intimidation. En outre, le logement de la rue Duhesme abritait quelques pièces de porcelaine dont le patron avait fait cadeau à M. Bastide, parce qu'elles présentaient quelque défaut, peu visible d'ailleurs; et un beau service de table, « qu'on avait eu au prix de gros ». Louis considérait avec vénération [2] ces objets, soustraits jalousement à l'usage quotidien.

Tout à coup Mme Bastide, arrêtant son travail, regarda le petit garçon. Elle avait besoin de parler.

1. *Réserve* : discrétion.
2. *Vénération* : respect proche de l'adoration.

Sans doute se disait-elle : « Pourquoi pas ? Il est déjà si raisonnable. Il m'a fait l'autre fois des réflexions qui m'ont tellement émue. » Enfin elle se décida :

– Mon pauvre petit Louis. J'ai bien de la peine. Ton père m'a fait promettre de ne pas te raconter. Je le comprends. C'est si dur pour lui. Il veut que je te dise qu'on l'a remercié parce que la maison fait moins d'affaires et diminue son personnel. Alors, n'est-ce pas ? je suis censée te l'avoir dit. Tu feras bien semblant de ne savoir que ça ? N'est-ce pas, mon petit loup ? Il serait si vexé, autrement, et il m'en voudrait.

– Je te promets, petite mère.

– Eh bien !... Oh ! ce n'est pas déshonorant. On ne peut pas refaire son caractère. Et ce sont les meilleurs, très souvent, qui ne savent pas se taire quand on est injuste avec eux. Ici, tu ne l'entends guère crier. Il ne dit presque jamais rien. Mais il est capable de s'emporter comme un autre. Ça, je le sais. Alors figure-toi que dans une expédition qu'ils ont faite ces jours-ci, de la très belle marchandise, paraît-il, il y a eu plusieurs choses cassées. Et si on les avait trouvées à l'arrivée, ça n'aurait été encore rien. Mais le malheur a voulu qu'on ait à rouvrir la caisse, avant le départ, pour un article qu'on pensait avoir oublié. Le patron a vu toute une marmelade. Ce n'est pas papa qui cloue les caisses, bien sûr, mais il surveille l'emballage ; c'est même lui qui enveloppe ce qu'il y a de plus fragile et de plus beau ; qui dit : « Arrangez comme ci et comme ça » ; bref une caisse n'est censée partir que s'il a tout bien vérifié. En somme il faisait un peu ce que fait un patron dans une maison plus petite. Mais son patron à lui s'est mis en colère. Il était peut-être mal luné. Il a dit qu'il avait déjà reçu des réclamations de clients ; que maintenant il comprenait ; que c'était se moquer du monde, etc., etc. Ton père me dit que tout le dégât était dû à deux ouvriers nouveaux, qu'on a embauchés pour porter les caisses, une fois remplies, du magasin jusqu'à la cour où on les charge. Il paraît qu'ils sont saouls la moitié du temps, et qu'ils manipulent ça à tour de bras comme des barriques vides. Et ils sont si grossiers qu'il n'y a rien à leur dire. Ton père aurait mieux fait d'expliquer ça posément, ou d'attendre que le patron soit calmé. Mais c'est facile à dire. S'entendre traiter comme un homme sans conscience [1] dans une maison où on travaille depuis plus de vingt ans ! Évidemment, il est allé trop loin. L'autre aussi. Mais l'autre était sûr d'avoir le dernier mot… Ah ! mon pauvre petit garçon. Qu'est-ce que nous allons devenir maintenant ?

– Papa ne pourra pas retrouver une autre place ?

Mme Bastide leva les épaules, sans répondre.

– Pourquoi, dis, maman, est-ce qu'il ne pourrait pas ?

À ce moment, Louis Bastide fit un effort extraordinaire pour se représenter la Société. Il vit devant lui comme une vaste surface pleine d'alvéoles [2]. C'étaient les Places [3]. Il devait y avoir autant

1. *Homme sans conscience* : ici, homme sans conscience professionnelle.
2. *Alvéoles* : cavités (à l'origine, urne où l'abeille dépose son miel).
3. *Les Places* : la majuscule initiale (comme pour le mot « Société ») veut accentuer l'aspect imposant, solennel et presque officiel de ces deux notions, aux yeux du petit Bastide.

de Places que d'hommes. Sinon la Société était mal faite.

– C'est que, dit Mme Bastide, papa n'est plus tout jeune. Quand on a dépassé quarante ans, les maisons font la grimace pour vous prendre. Ce n'est même pas comme quelqu'un qui est tout à fait spécialiste dans sa partie, disons un horloger ou un ébéniste [1] très capable. Ceux-là n'ont pas encore trop de mal à se caser. Et puis ce n'est jamais une bonne recommandation que d'avoir été remercié.

Louis voyait la multitude des alvéoles; un homme âgé cherchant une place, et rejeté d'un alvéole à l'autre, indéfiniment, comme les billes dans certains jeux difficiles. La mise en train d'un cauchemar.

Sa mère reprit :

– On ne m'ôtera pas l'idée que le patron regrette déjà. À moins d'avoir un cœur de pierre, on ne met pas sur le pavé un homme qui a travaillé si longtemps pour vous, sans que ça vous fasse quelque chose. Si ton père pouvait prendre sur lui de s'excuser... souvent une petite phrase suffit. Mais il a tellement d'amour-propre.

– Tu ne crois pas, maman, que si je lui demandais, moi...

– À ton père? Il commencerait par être furieux que je t'aie tout raconté. Il ne verrait que ça. À l'idée que tu le croies fautif, je le connais, il ne vivrait plus. Ça prouve combien il t'aime.

Elle soupira, hésita encore :

1. *Ébéniste* : artisan qui travaille le bois.

– Parce que toi, il t'aime, tu sais. Robert aussi, ça oui, il l'aimait. Mais il est mort si jeune. Et puis Paul nous a causé tant de chagrin. Je ne dis pas que ton père n'ait pas été trop dur. Paul était tout le contraire de toi. Plus on se fâchait, plus il se butait. C'est encore par amour-propre que ton père a préféré le voir partir. Moi je lui disais bien… Enfin !

Mme Bastide ne retint pas quelques larmes qui s'amassaient depuis longtemps. Quant à Louis, ces confidences, qui étaient inusitées, presque solennelles, le rendaient pâle. Il osait à peine écouter. Le cas de son frère Paul était un des mystères de la famille Bastide. Louis savait qu'il avait un frère vivant, beaucoup plus âgé que lui, dont on ne parlait pas. C'était quelque chose d'interdit, même pour la pensée. Sur la destinée de ce frère, rayé de la communauté familiale, Louis ne se permettait de former aucune supposition. Parfois, quand il croisait dans la rue un voyou de vingt ans, il songeait malgré lui à Paul. Mais il se dépêchait de chasser cette idée.

– D'une certaine façon, continuait la mère avec mélancolie, tu as profité de tout ça. Oh ! tu le méritais, bien sûr, mon cher petit loup. Mais il faut quand même que tu t'en rendes compte. Quand tu es né, il nous a semblé que c'était Robert qui revenait. Et puis ton père a pu se dire qu'il n'avait pas toujours été juste pour Paul. Il n'aurait pas voulu l'avouer. Mais il n'en a été ensuite que plus patient avec toi. Car il t'est arrivé de nous faire enrager aussi. Tu n'es pas parfait, mon pauvre mignon. Personne n'est parfait.

Cependant elle continuait son tricot. Comme par saccades [1] elle faisait faire à l'aiguille de droite ce petit mouvement qui a l'air offensif et cruel : la pointe de l'aiguille se jette pour attraper le fil de laine, et va fouiller la maille précédente, avec un geste de retournement et de curetage [2] qui évoque l'outil du chirurgien.

Ou bien, sans interrompre le jeu des aiguilles, elle portait tout son ouvrage en avant, l'écartant de sa poitrine, pour faire dévider [3], de la pelote enfouie dans le creux de ses genoux, une longueur de fil.

Elle posa les yeux sur son enfant. Elle lui trouva une mine si grave qu'elle en fut inquiète. Certes, il était bon que Louis n'eût pas, dans une telle circonstance, les manières d'un gamin distrait, simulant l'attention par intervalles, et sournoisement [4] prêt à rire. («Merci, mon Dieu! quel surcroît d'amertume ce serait!») Mais il y a une limite que le souci, chez un enfant, ne doit pas dépasser. Il faut que la fraîcheur du regard ne soit pas atteinte, et qu'on sente qu'il suffirait d'une minute heureuse pour que tout s'oublie.

Elle pensait au petit Robert, qui était mort. Dans son désir de se tourmenter, elle cherchait les ressemblances entre Robert et Louis. N'étaient-elles pas ce soir plus frappantes que jamais? Est-ce que, justement dans la période d'avant sa mort, Robert n'avait pas eu cette expression de visage, cette

1. *Saccades* : mouvements brusques.
2. *Curetage* : nettoyage d'une plaie avec un instrument pointu.
3. *Dévider* : dérouler.
4. *Sournoisement* : avec dissimulation.

excessive gravité des yeux, cette façon trop consciencieuse de prendre sa part des chagrins?

Elle lâcha son tricot, attira son fils à elle, l'embrassa :

– Ne te fais tout de même pas trop de peine, mon petit Louis. Les choses peuvent s'arranger. Va dormir. Papa ne serait pas content s'il te trouvait encore debout quand il rentrera.

5. Quand le malheur n'est plus un jeu

C'est une fois qu'il fut dans son lit, seul, n'ayant plus rien de nouveau à écouter et à comprendre, que Louis éprouva avec plénitude [1] le sentiment du malheur.

Son lit était situé dans une pièce fort petite, large de moins de deux mètres, et guère plus longue, mais qui avait sur la cour de la maison une fenêtre de dimensions normales; ce qui l'empêchait d'être un simple réduit, pour en faire une pièce digne de ce nom.

C'était un lit de fonte, non pliant, avec une tête en double cintre [2] qui gardait comme un souvenir de berceau. Presque assez large pour une grande personne, mais notablement trop court. Dans l'ensemble on voyait bien que c'était un lit d'enfant. Il avait ce caractère des choses pour enfants, qui à certaines heures saisit les adultes d'une émotion profonde. Le matin, quand Mme Bastide faisait le lit de son fils, ou encore quand elle passait dans la petite pièce au cours de la journée, il lui arrivait d'être envahie d'une impression qui tendait à la défaillance, qui était délicieuse, si l'on veut, et pourtant de la famille du désespoir. Impression venue des dimensions mêmes du lit, du fait que c'était un lit pour un être qui n'a pas fini de grandir. Il y avait

1. *Avec plénitude* : en totalité.
2. *Cintre* : en architecture, motif en forme d'arc de cercle.

sans doute dans la mesure, dans la forme, dans la place et le développement de chaque tige de métal, quelque chose de provisoire, de précaire, de plus précaire encore qu'il n'est de règle dans la vie, quelque chose qui était doux, fragile, condamné à ne pas durer, marqué d'avance du signe de l'éclatement et de la déchirure, comme les fleurs du printemps.

Pour Louis l'essentiel était que le lit fût bien poussé contre le mur. Louis ne pouvait dormir que la tête tournée vers le mur, et même approchée tout près. Un intervalle entre le matelas et le mur l'eût inquiété comme un gouffre. Il fallait qu'entre les deux on ne pût glisser le bord de la couverture qu'à condition de soulever un peu le matelas.

Il ne tourna pas la tête vers le mur. Il la garda bien à plat sur l'oreiller. Pourtant il fermait les yeux. Tenir les yeux ouverts dans la nuit lui était insupportable.

Il accueillait le sentiment du malheur, avec sa conscience qui était fraîche et scrupuleuse. Il n'imaginait pas, comme une grande personne, une suite d'ennuis, sortant les uns des autres, une situation qui s'aggrave, une chaîne d'humiliations, d'angoisses, d'attentes inutiles, aboutissant un jour aux premières souffrances matérielles. Son appréhension [1] restait sommaire ; ou en venait d'emblée [2] aux images extrêmes : trois êtres vêtus de loques, traqués par la faim, qui errent dans les rues une nuit de décembre ; quand ils tombent sur un banc, se

1. *Appréhension* : inquiétude, angoisse.
2. *D'emblée* : tout de suite.

serrant autant qu'ils peuvent, l'agent de police paraît qui leur ordonne d'aller plus loin.

Mais il y avait d'abord le sentiment du malheur, qui se passait de détails. La famille Bastide, dont Louis ne se distinguait pas, était transférée brusquement comme d'une zone dans une autre. Elle quittait la région favorable pour la région défavorable, la moitié du monde où il fait soleil malgré les nuages, pour celle que recouvre uniformément un ciel de plomb traversé d'éclairs.

Rien ne paraissait plus naturel, hélas, au petit garçon que cette sévère division du monde. Au fond, il y avait toujours cru, mais il s'en était peu préoccupé. Peut-être avait-il admis, sans y réfléchir, que la destinée des siens était engagée une fois pour toutes du bon côté ; non certes dans les parages où la lumière est la plus éclatante, mais ce n'est pas ce qui importe beaucoup. Lorsqu'on se sent du bon côté, l'autre région nous paraît si étrangère. On y pense par hasard, quand on rencontre des pauvres tout dépenaillés [1], ou que le père, en parcourant son journal, lit à haute voix un fait divers effrayant.

Le malheur arrive sur vous, d'une seule pièce, comme glisserait un couvercle. Louis, allongé dans son lit, les membres serrés contre le corps, la tête à plat sur l'oreiller, regardait, les yeux clos, ce grand couvercle faire son ombre, tellement plus épaisse que celle de la nuit.

Il avait remonté son drap jusqu'à sa bouche. C'était un drap encore neuf, lavé une seule fois. La

1. *Dépenaillés* : aux vêtements en loques.

toile restait rugueuse, avec des granulations [1] distinctes, et des cassures dont on sentait les arêtes. Le contact en faisait penser presque autant au bois qu'à l'étoffe. Et il subsistait, malgré la première lessive, un parfum cru, qui était celui d'une chose intacte et salubre. Louis se demanda s'il avait le droit de coucher encore dans des draps neufs. N'était-ce pas continuer à vivre comme si rien ne s'était passé ? Évidemment, sa mère, quand elle les avait achetés, ne se doutait pas du malheur qui menaçait. Et aujourd'hui le marchand refuserait de les lui reprendre. Mais ce n'est pas quand on sait que l'argent ne rentre plus à la maison, qu'on a le cœur de se mettre à user un objet neuf. L'usure au début se marque si vite. On est obligé de s'en apercevoir, et de penser anxieusement à ce qu'elle coûte. Il est déjà bien gênant, quand on vous achète de belles chaussures au temps de la prospérité, de se dire qu'on traîne à ses pieds, contre un trottoir râpeux qui ne respecte rien, plus d'argent que votre père, si fatigué le soir, n'en aura gagné dans tout un jour. Comme si chaque minute de votre joie futile [2] représentait une lassitude, une courbature de votre père, un regard découragé qu'il a jeté sur sa besogne, ou le refus qu'il s'est fait d'un pauvre plaisir à lui. Mais quand le père ne travaille plus, quand l'argent ne rentre plus, comment sentir l'usure attaquer les choses autour de vous, sans avoir l'obsession [3] d'en être responsable, si peu que ce soit ?

1. *Avec des granulations* : qui a l'aspect de petits grains.
2. *Futile* : sans intérêt, inutile.
3. *Obsession* : idée fixe.

Ses chaussures jaunes étaient rangées tout près de la petite chambre, dans un placard, sur le rayon du haut. Louis les chérissait encore, mais d'une façon craintive, et avec un commencement d'aversion [1]. Il les imaginait très bien, posées sur le rayon, l'une contre l'autre, leur gros nez qui luisait tourné en avant. Elles étaient belles ainsi. Mais elles avaient un certain air de bêtes orgueilleuses; faites pour des gens sûrs de rester heureux; faites aussi pour vous donner des pensées imprudentes, pour vous communiquer leur orgueil, pour vous inspirer des bouffées de contentement présomptueux [2], de confiance outrecuidante [3] dont un jour on est puni.

«J'aurais dû empêcher maman de les acheter.» Il semblait à Louis que ce sacrifice, consenti à ce moment-là, quand il était encore temps, eût aidé à conjurer la mauvaise fortune [4], en tout cas eût évité un acte qui la provoquait. Et comme il se souvenait que l'offre des chaussures avait eu pour cause le rapport un peu inexact qu'il avait fait d'un mot de M. Clanricard, il n'était pas loin de penser qu'en mentant par omission ce jour-là, il avait légèrement ébranlé et mis en marche ce lourd couvercle noir qui maintenant glissait d'une seule pièce sur toute la famille.

Ces raisonnements renfermaient bien un peu de folie, au regard d'un adulte resté de sang-froid.

1. *Aversion* : rejet, dégoût.
2. *Présomptueux* : prétentieux et vaniteux.
3. *Outrecuidante* : trop sûre d'elle-même.
4. *Conjurer la mauvaise fortune* : empêcher l'arrivée du malheur, la malchance.

Mais ce qu'on appelle la folie n'est pas encore pour un enfant une terre quittée sans esprit de retour [1] et que l'on tremble de retrouver. Il en sort et y rentre, sans y prendre garde, comme ces paysans de la frontière qui ont leurs champs de part et d'autre du tracé idéal [2]. D'ailleurs plus d'un adulte, à sa place, eût déliré autant que lui.

Et puis, si l'idée qu'il se faisait du malheur avait de quoi l'accabler, elle n'y parvenait pas entièrement. Sa détresse ne s'accompagnait pas de résignation. Il souffrait, mais avec une tension intérieure qui était une forme de défense. Il aurait moins souffert s'il avait accepté ; s'il s'était dit : « Ce destin, assez fort pour courber mon père et ma mère, ne fera de moi qu'une bouchée. » Mais il n'acceptait pas. Il ne s'installait pas dans le malheur ; il n'y cherchait pas une posture de repos. Ses jambes, allongées sous le drap, restaient fermes, presque vibrantes. De ses orteils dressés, il écartait le drap neuf, aux granulations [3] perceptibles. Ses mâchoires se serraient l'une contre l'autre. Ses yeux, sous les paupières closes, conservaient l'attitude alertée du regard. Il était de ceux qui désespèrent de toutes leurs forces, et se disent volontiers que tout est fini. Mais leur être profond [4] ne rend pas les armes si facilement.

1. *Sans esprit de retour* : en espérant y revenir peut être un jour ou l'autre.
2. *Tracé idéal* : tracé parfait qui n'existe que dans l'imagination.
3. *Granulations* : voir note 1, p. 74.
4. *Être profond* : personnalité intérieure la plus intime.

6. La boîte de titres

Quelques minutes après que son fils l'eut quittée, Mme Bastide s'avança dans le couloir qui menait à la petite pièce, prêta l'oreille. Elle n'entendit rien. «Il dort. Tant mieux, pauvre loup. Encore heureux qu'à son âge le sommeil soit si vite là pour vous faire tout oublier.»

Elle revint dans la salle à manger, vérifia que les doubles rideaux ajustaient bien, se convainquit encore une fois que le silence régnait autour d'elle. Alors elle monta sur une chaise, et recourbant le bras par-dessus la corniche [1] du buffet, atteignit une boîte de carton blanc, toute en longueur, ficelée de rouge, qui se trouvait habilement dissimulée juste derrière la saillie de la corniche. Quelqu'un de non prévenu aurait pu promener là-haut la main ou le bout d'un bâton, sans s'aviser de la présence de cette boîte.

Elle redescendit, posa la boîte sur la table, souffla sur une fine couche de poussière, défit les ficelles rouges, et ôta le couvercle.

Plusieurs rouleaux de titres [2], serrés eux-mêmes dans des faveurs [3], occupaient la longueur de la boîte.

1. *Corniche* : partie supérieure et saillante d'un meuble.
2. *Titres* : documents officiels établissant, pour un particulier, la propriété de parts d'une société.
3. *Faveurs* : rubans de soie.

C'étaient les économies du ménage – avec quelques centaines de francs tenues en réserve dans un tiroir. C'étaient vingt-cinq ans de travail en commun, de sagesse de tous les instants, de refus des tentations, qui dormaient roulés et couverts de bandelettes dans cette boîte pour rideaux de tulle [1].

Les doigts de Mme Bastide tremblaient un peu. Elle éprouvait une crainte à dénouer ces rubans. N'était-ce pas manifester par un signe funeste [2] que le temps était venu d'entamer les économies, alors que la vieillesse, pour laquelle elles étaient faites, s'apercevait encore si loin ? N'était-ce pas chercher déjà la place de la première blessure qui ne pourrait que s'élargir ensuite et se développer à la manière d'un chancre [3], et qui finirait par dévorer si vite ce qui s'était amassé si lentement, enroulé saison par saison comme la chair d'un arbre ?

À mesure que les rubans les lâchaient, les feuilles parcheminées [4] s'écartaient l'une de l'autre. Hé oui ! Tout cela tenait si peu ensemble. Tout cela ne demandait qu'à s'en aller morceau par morceau.

Les dimensions de la boîte avaient permis d'y loger trois rouleaux, qui étaient à peu près de la même grosseur. Les valeurs [5] s'y trouvaient groupées non d'après leur nature, actions et

1. *Tulle* : tissu très léger et transparent.
2. *Funeste* : qui apporte la mort, le malheur.
3. *Chancre* : lésion de la peau ou des muqueuses ayant tendance à s'étendre et à ronger les parties voisines.
4. *Parcheminées* : qui ont l'aspect d'un parchemin, parce qu'elles ont vieilli.
5. *Valeurs* : synonyme de titres (voir note 2, p. 77).

obligations [1], ni d'après leurs diverses catégories, mais suivant l'époque où on les avait achetées. Chaque nouveau titre était venu s'enrouler sur le précédent. Chaque rouleau correspondait à quelques années de vie. Le dernier s'était arrondi un peu plus vite. À l'intérieur des rouleaux, telle valeur marquait une date mémorable : par exemple l'augmentation du père, en juin 1899, quand ses gains avaient été portés brusquement de 175 à 200 francs par mois, avec rappel de six mois. Ou bien, entre deux d'entre elles subsistait comme une faille [2], que des yeux non avertis n'avaient aucune raison de soupçonner, mais que Mme Bastide retrouvait aussitôt : la place d'un titre vendu jadis. Ainsi, à l'intérieur du troisième rouleau, et dans la première moitié, l'absence d'une Ville de Paris 1902 [3] racontait une des plus graves maladies du père : une pleurésie [4], qui avait mis sa vie en danger, et dont la convalescence avait duré sept semaines. Le patron avait eu la gentillesse de payer le demi-traitement de son employé tout le temps où il était resté indisponible. « Ce qui prouve qu'on l'appréciait, qu'on tenait à lui. » Mais un demi-mois ne suffit pas à faire vivre une famille. Il y avait eu, outre les

1. *Actions et obligations* : les *actions* sont des parts d'associés dans le capital d'une entreprise, et donnant droit à une participation aux bénéfices ; les *obligations* sont des participations proposées à des particuliers lors du lancement d'un emprunt par un organisme financier, et donnant droit à un revenu fixe.
2. *Faille* : cassure visible.
3. *Une Ville de Paris 1902* : nom d'un emprunt lancé par la ville en 1902.
4. *Pleurésie* : grave maladie des poumons.

visites du médecin, les frais de médicaments. « Nous étions déjà bien tristes à ce moment-là. Surtout les deux premiers jours quand on sentait que le docteur n'osait pas se prononcer. Mais après, la confiance était revenue. On savait qu'avec un peu de patience, tout serait de nouveau comme avant… Comme avant ! »

Pour d'autres titres, c'était leur présence, et non leur disparition, qui évoquait des idées pénibles. Ils parlaient d'argent perdu. Ils étaient les témoins honteux d'un krach [1] d'autrefois. Ils évoquaient les jours où l'on hésite à ouvrir le journal, de peur d'apprendre que des mois d'économie ont fondu depuis la veille.

Mme Bastide avait desserré les trois rouleaux l'un après l'autre. Elle ne les étalait pas. Elle se

contentait de dégager un peu chaque titre, de le reconnaître. Elle soulevait un coin de la feuille de coupons [2], lisait une date du côté de la plus récente échancrure. C'était une caresse d'amitié. Elle avait toujours la même admiration pour ces papiers robustes, luisants, sonores. Ils sont imprégnés de couleurs rares. Leur matière même est précieuse. Ils empruntent quelque chose à l'émeraude, à l'agate, au lapis [3], à toutes les pierres dont on orne les colliers et les bagues ; aux substances avec lesquelles on

1. *Krach* : débâcle financière d'une entreprise, d'une banque ou même de tout un système économique.
2. *Feuille de coupons* : feuille constituée de vignettes détachables destinées à se faire payer les revenus de l'action.
3. *Lapis* : pierre précieuse d'un bleu intense. On dit aussi lapis-lazuli.

émaille les boucles de ceinture, les boutons de manchette, les coffrets de grande valeur qu'on voit aux vitrines des bijoutiers du centre. Comme un billet de banque, à côté, paraît fragile et pauvre !

Elle se plaisait à la disposition des lettres capitales, aux paraphes [1] des signatures, à la solennité [2] des stipulations [3], à l'obscurité de certaines formules. Il y avait parfois des lignes écrites dans des alphabets mystérieux.

Elle n'était pas sans soupçonner qu'une part de mensonge, d'appel à l'illusion pouvait se glisser dans ces inscriptions prestigieuses. Dans la vie, rien ne va jamais exactement comme on l'espère ou comme on l'annonce. Il faut s'y résigner quand l'abus n'est pas trop flagrant [4].

Elle était fière pourtant de sentir là, sous ses doigts, des sortes de points d'attache, de clefs d'accrochage, qui faisaient qu'une modeste femme comme elle n'était pas sans quelques relations directes avec les Villes, les grandes Sociétés financières, les Empires ; qui faisaient que les Villes, les Empires devaient tout de même compter un peu avec elle. Au vrai, elle n'avait pas le sentiment de participer du même coup à leur magnificence. Son imagination de possédante ne travaillait pas dans ce sens-là. Elle savait qu'on lui devait de l'argent,

1. *Paraphes* : traits de plume plus ou moins compliqués accompagnant la signature.
2. *Solennité* : caractère de ce qui est solennel, c'est-à-dire grave, sérieux, officiel.
3. *Stipulations* : clauses ou observations spéciales imprimées sur les titres.
4. *Flagrant* : visible de façon évidente.

qu'on avait promis de lui servir régulièrement des intérêts [1], de la rembourser un jour avec prime. Ce qui lui donnait une idée plus ferme de son existence sociale. Elle distinguait les actions des obligations, en ce que les premières sont moins sûres, et vous font avec les coupons des surprises, d'ordinaire fâcheuses. Mais dans le plaisir immédiat qu'elle tirait de la vue des titres, ils lui apparaissaient moins encore comme des parcelles de propriété, ou des reconnaissances de dettes [2], qu'ils ne s'apparentaient, par leur libellé [3] même et la nature de leur pouvoir, aux talismans [4], aux prières, aux formules magiques dont on parle dans les contes et qu'on fixait jadis, elles aussi, sur de beaux parchemins roulés dans des coffrets cachés.

Le premier rouleau contenait deux Communales et une Foncière 1879, une Ville de Paris 1876, un bon à lots de Panama, hélas ! qui était le vestige de plusieurs obligations volatilisées dans la catastrophe ; trois Ville de Paris 2 1/2 % 92 [5]. Celles-ci exhalaient une bouffée de beaux souvenirs. Jeunesse, patience, gaîté. L'émission [6] est annoncée

---

1. *Intérêts* : pourcentage que touche un créancier (personne qui prête de l'argent) en plus de son remboursement sur la somme d'argent qu'il a prêtée.
2. *Reconnaissances de dettes* : documents officiels par lesquels un emprunteur reconnaît devoir de l'argent.
3. *Libellé* : façon dont est rédigé un document.
4. *Talismans* : objets auxquels on attribue des vertus magiques de pouvoir et de protection.
5. *Ville de Paris 2 1/2 % 92* : titre émis par la ville en 1892 et rémunéré à 2,5 %.
6. *Émission* : lancement d'un emprunt public.

depuis longtemps par les journaux et les affiches. L'on prévoit que le public va s'y ruer. [...] Dès avant l'aube, les gens ont commencé à faire queue dans la rue. Le premier soleil éclaire une file déjà interminable que les sergents de ville protègent contre l'intrusion des nouveaux venus. Le cri « À la queue ! À la queue ! » retentit à chaque minute. Tout le long de cette foule, le sentiment de la justice reste irrité, comme les poils d'un chat. Beaucoup de personnes ont apporté leurs pliants. On casse la croûte. Heureux les ménages où la femme ne travaille pas au-dehors. Elle a pu prendre sa faction [1] sans se préoccuper de rien d'autre ; et s'il le faut, la continuera toute la journée. (Les enfants déjeunent à l'école et restent, après la classe, à la garderie.) Peut-être vers midi le mari viendra-t-il la relever pour une heure, si les voisins de file sont accommodants. [...]

Mme Bastide rêvait à ces jours doucement fiévreux qui ne reviendraient plus pour elle ni pour personne. Les émissions triomphales, dont Paris frémissait comme d'une fête populaire, avaient cessé avec le nouveau siècle. Les jeunes ménages ne les connaîtraient plus. Les dernières dataient de 98 et 99. [...]

Dans les autres rouleaux, il y avait de nouveau des Ville de Paris, des Communales et des Foncières, des obligations Nord, P.-L.-M., et Omnibus ; une Voitures Urbaines (encore un mauvais souvenir) ; du Russe : 3 % 91 et 96,4 % 1901, 5 % 1906 ; (le taux monte d'une époque à l'autre, mais les titres bais-

1. *Sa faction* : son tour de garde.

sent) ; de l'Ottoman : du 4 % 1894, une Douanes, un Tabacs; enfin deux ou trois valeurs aux noms étranges : Lautaro Nitrate, Cape Copper, Tharsis, qui représentaient dans la vie financière des Bastide l'élément aventureux, la concession à la chimère [1], la contagion lointaine du romantisme de la Bourse.

Au total, dans les trois rouleaux, moins de dix mille francs [124].

Dix mille francs, ce n'est guère, quand c'est enfermé dans une boîte comme provision suprême pour le restant de la vie. Mais c'est quelque chose d'infini, quand il faut le ramasser. C'était quelque chose de désespérant à atteindre, quand on partait du premier sou.

Dix mille francs, c'est dix mille jours. Même avec un courage sans limites, il n'est pas possible de mettre de côté plus d'un franc par jour, quand votre mari, qui gagnait cinq francs le lendemain de vos noces, en gagne sept, vingt-sept ans après. Il faut réussir à mettre le franc de côté tous les jours que Dieu fait. Il faut trouver moyen de le garer même les dimanches, et les grandes fêtes, quand passent le souffle du plaisir, le conseil de l'insouciance, quand les cris, les lumières vous invitent à un oubli délicieux. Il faut savoir regarder les autres qui entrent dans les cafés, et détourner la tête sans amertume; s'amuser du mouvement des fiacres, et ne pas se

1. *Chimère* : rêve, illusion.
2. *Moins de dix mille francs* : sur la valeur de l'argent au début du siècle, voir la p. 28.

dire qu'il serait agréable de monter dedans. Il faut s'endurcir à des épreuves plus poignantes, apprendre à ne pas s'apercevoir que votre mari s'est arrêté devant une canne à manche d'argent qui lui faisait envie ; que votre femme, tout le long d'une promenade, est restée triste, parce qu'elle est sortie avec un chapeau de l'année précédente, et que l'on a croisé tous les cent pas une femme coiffée de la forme si seyante [1] qu'on vient de lancer. Il faut écarter son enfant de la contemplation des jouets trop chers ; lui expliquer, avec l'air d'y croire, que ce cheval de trente-neuf sous est plus beau que l'autre qui vaut douze francs.

Il n'est même pas prudent d'y trop penser. On finirait par être saisi après coup d'une espèce d'épouvante. On se dirait : « Où ai-je pris tout ce courage ? Comment ai-je pu résister si longtemps à tout ce qui fait pas à pas le charme et l'excuse de la vie ? » On se dirait peut-être encore : « En suis-je payé ? Tant de sacrifices m'ont-ils au moins mis à l'abri ? Suis-je beaucoup plus loin de la misère finale que les dissipateurs et les frivoles ? » On réfléchirait tout à coup que pas une fois au cours de ces vingt-sept années la main d'un bon hasard n'est venue, pendant que vous dormiez, ajouter à l'humble tas, mais que dix fois vous en avez vu de grosses poignées partir, devenir fumée ou cendre. Pas un franc qu'on vous ait épargné la peine d'apporter vous-même. Et vous les sentiez se faire durement tirer, un à un. Mais quand il s'est agi de vous les prendre,

1. *Seyante* : élégante.

c'est par paquets qu'on vous les arrachait; c'est par centaines qu'ils tombaient à chaque secousse. Non, il n'y faut pas trop penser, car il vous viendrait peut-être de ces colères dont on doit se défendre, parce qu'elles mettent trop de choses en question.

Jusqu'ici, quand Mme Bastide faisait une visite à ses titres, elle ne leur demandait qu'une promesse lointaine de sécurité. Un peu d'orgueil aussi. Une récompense intérieure. L'assurance que la sagesse n'est pas tout à fait vaine.

Certes, on l'aurait beaucoup froissée, en lui disant que ses coupons lui étaient d'un faible secours. Elle tenait au contraire à les trouver importants. Quand il lui arrivait d'en détacher pour soixante ou quatre-vingts francs au début d'un trimestre, elle s'efforçait de sentir à quel point il lui devenait plus facile de payer le terme, d'acheter un vêtement. Mais, en réalité, le bienfait qu'elle en retirait était surtout moral. Elle avait l'impression que le ménage échappait, pour si peu que ce fût, à la terrible loi du travail : Sois capable de travailler demain matin, ou tu ne mangeras pas. Sois dispos [1], ne te foule pas un pied, n'attrape pas une bronchite, ou tu ne mangeras pas. Ne vieillis pas trop vite, ne sois pas trop tôt rhumatisant ni sourd, ou c'est de faim que tu mourras et non de vieillesse.

L'argent des coupons était un répit, une trêve, un sourire de la nature sociale, comme il y a des sou-

1. *Dispos* : en forme, en bonne santé.

rires de la nature physique, des douceurs données par le soleil, par la saison. Le jour où on allait les toucher, il était impossible, si porté fût-on aux idées déprimantes, de se considérer comme appartenant à la dernière catégorie du peuple. Pas même à l'avant-dernière. Car au-dessus des miséreux « qui couchent sous les ponts », il y a les innombrables ménages d'ouvriers, ceux qui le dimanche achètent un gigot de douze francs ; qui « n'ont pas un sou d'avance », et proclament, quand la boisson et la nourriture les rendent superbes, que « l'hôpital n'est pas fait pour les chiens ». Même si, en définitive, il leur rentre plus d'argent qu'à vous, les coupons suffiraient à rétablir les distances, non par les sommes qu'ils représentent, mais par le rang où ils vous placent. Or, que ne donnerait-on pas pour avoir à tout moment du jour la certitude intime qu'on n'est pas des dernières catégories de la Société ?

Donc jusqu'ici Mme Bastide n'avait guère accepté, des valeurs couchées dans la boîte, que ces bons offices [1], qui étaient de luxe ou d'attente. Il allait s'agir maintenant, hélas ! de les soumettre à une épreuve plus sérieuse, en leur demandant le service essentiel pour lequel elles étaient là : écarter la misère, faire qu'un peu d'argent coule toujours dans la maison, quand la source habituelle est tarie ; réussir même, ce qui est peut-être plus grave que

1. *Ces bons offices* : ces bienfaits (le répit, la trêve, le sourire dont il est question au paragraphe précédent).

tout le reste, à maintenir à peu près la distance entre vous et le fond effrayant de la Société.

Les trois pauvres rouleaux étaient-ils assez forts, assez épais pour tenir longtemps? Mme Bastide les considérait avec une tendresse craintive. Elle avait toujours espéré, dans le secret de son cœur, qu'ils resteraient là indéfiniment, qu'on n'aurait jamais à s'en servir « tout à fait », même quand les vieux jours seraient venus. Une bonté du sort ferait que le père garderait des forces «jusqu'à la fin»; un peu par reconnaissance, sa maison l'emploierait, sans trop rogner le salaire, à quelque besogne facile. On toucherait les coupons, comme on cueille les fruits des arbres (mais c'est un crève-cœur que d'abattre les arbres). Et un peu de temps avant de mourir, on ferait appeler le fils, le seul, le cher petit loup, qui serait grand à ce moment-là, qui aurait sans doute femme et enfants; on lui dirait : « Tu trouveras une boîte là-haut, sur le buffet, comme ceci et comme cela. C'est pour toi. N'en parle à personne. » Et malgré l'effort qu'on aurait à faire pour dire ces quelques mots dans les premières sueurs de l'agonie, on serait heureux de penser qu'on laisse « quelquc chose» à son enfant, qu'« il ne sera pas sans rien», comme on dit dans les familles qui ont l'orgueil de leur patrimoine. Grâce à vous le fils bien-aimé ne connaîtra pas les mêmes privations que vous. Il ne sera pas obligé de refuser un jouet à son enfant, un chapeau convenable à sa petite femme. Et peut-être à ce moment-là vous donnera-t-il un souvenir, songera-t-il que ses vieux, couchés maintenant dans le cimetière, ont bien travaillé. Certes, il y a beaucoup d'enfants ingrats, ou plutôt oublieux; ils ne se représentent pas ce qu'il a fallu de peine pour amasser cet avoir qui leur semble si modeste, et dont ils profitent comme d'une condition naturelle. Mais Louis a du cœur. Il va au-devant des pensées délicates et des scrupules. À son âge, il se tourmente déjà pour ses parents, au point d'en avoir le visage tout changé. Ce n'est pas lui qui aurait été oublieux.

Mme Bastide pleure maintenant devant sa boîte ouverte, tandis qu'une lourde voiture gonfle le long de la rue son grondement commencé au loin.

Elle ne pleure pas d'avarice. Mais il se trouve que peu à peu toutes les raisons de sa vie sont rassemblées. Tout le travail; toute la peine. Toutes les vertus qu'on a eues sans les appeler par ce nom. Toute l'espérance qui vous a aidée à avoir du courage quand il en fallait beaucoup. Tout l'amour aussi; les chères têtes que l'on a caressées; les yeux dont le regard vous a emplie de douceur tant de fois. L'idée de la mort; la séparation de ceux qui se sont aimés. Et même l'idée de se survivre.

Mme Bastide renoue les rubans, recouvre et reficelle la boîte, la hisse de nouveau dans sa cachette. Elle est bien décidée à ne lui demander secours que le plus tard possible. Aujourd'hui, ce qu'elle a voulu, c'est trouver un peu de réconfort en constatant que les valeurs sont là, prêtes à l'aider. Elle les a reconnues, dans leur ordre habituel, une à une. Elle s'est dit : «S'il le faut, par laquelle commencer?» Mais elle ne s'est pas encore résignée à choisir. «Il sera toujours temps.»

Elle va vérifier ce qu'il reste d'argent liquide dans le tiroir de la machine à coudre, qui se ferme à clef; et dans son sac à main. Le tiroir contient trois billets de cent francs, un de cinquante, et six louis d'or [1] de vingt francs. Dans le sac, il n'y a plus qu'un peu de monnaie, à l'intérieur d'un petit porte-monnaie de cuir vert qu'elle y loge. Mme Bastide prend le billet de cinquante francs, un louis de vingt francs et les met dans le sac.

Elle entend le bruit de la clef dans la serrure. C'est son mari qui rentre. Il n'apporte probablement aucune bonne nouvelle. Mais il ne lui est pas arrivé d'accident. Il vit. Louis, dans sa petite chambre d'où ne vient aucun bruit, est vivant aussi. Merci encore, mon Dieu!

1. *Six louis d'or*: 120 francs de 1909 (voir p. 28).

7. Comme nous étions heureux avant ! – Le sac disparu

En rentrant de l'école, la première phrase que Louis Bastide dit à sa mère fut, comme chaque jour :

– Papa n'a pas trouvé de place ?

– Non, mon petit. Il est sorti de nouveau cet après-midi. Tu vois, il n'est pas encore là. Il est allé trouver un ancien ami, qui tient une grande quincaillerie du côté de la Glacière ; des gens qui ont fait fortune… Je n'aime pas beaucoup qu'il tarde tant, en pleine nuit comme ça.

Depuis que le malheur l'avait frappé, M. Bastide consacrait une part de ses réflexions, et des causeries avec sa femme, à retrouver le nom et l'adresse d'amis plus ou moins lointains. Lui qui, jusque-là, n'avait eu, comme il disait, « besoin de personne », et ne savait guère ce qu'il faut entendre par « utiliser ses relations », il découvrait soudain aux « relations » une importance et une efficacité presque mystiques. Des formules, qu'il avait recueillies auparavant sans y prendre garde, lui revenaient à l'esprit, et y développaient leur sens à l'extrême : « Un tel qui a tant de relations ! » ou « Un tel, qui est arrivé par ses relations ». Lui avait vraiment trop négligé les siennes.

Cet effort de mémoire l'amenait à des régions du passé de plus en plus reculées : « Mais tu te rappelles bien ce gros de la Somme, que nous avons connu quand nous habitions rue d'Orsel, et qui s'était établi quelque part dans le quatorzième?... » Il fallait parfois tout un travail pour retrouver le nom, pour être sûr qu'on ne confondait pas le monsieur de la Somme qui fabriquait des cartonnages, avec un autre, marié à une petite femme brune, Picard [1] également, qui avait acheté une boulangerie. Mais la mémoire des êtres dont la vie quotidienne ne se renouvelle pas est riche heureusement d'une infinité de détails à propos du moindre fait. Surtout chez les femmes, et dans cette atmosphère de Paris qui, même en l'absence d'événements personnels, empêche la somnolence. Les destinées les plus unies y gardent une certaine trépidation [2]. Mme Bastide qui, vivant à la campagne, eût peut-être répondu à son mari, d'un air excédé : « Ton Picard... qu'est-ce que tu veux que je me rappelle !... » entrait dans une ébullition [3] de souvenirs : « Attends un peu... Est-ce qu'il n'avait pas eu une histoire avec le propriétaire parce qu'il avait percé le mur pour faire passer un tuyau de descente?... Et ce n'était pas lui qui avait acheté des bons de l'Exposition [4]?... Oui, c'était bel et bien un atelier de cartonnages qu'il allait reprendre. Je le revois me parlant du beau-frère de sa femme, qui faisait de mauvaises affaires, et me disant : « Des boîtes de chaussures, exactement comme celles qu'on vous donne dans les magasins. » Et le concierge m'avait

1. *Picard* : originaire de Picardie.
2. *Trépidation* : agitation.
3. *Ébullition* : action de bouillir.
4. *L'Exposition* : l'Exposition universelle de 1900, qui se déroula à Paris.

dit qu'il avait prêté de l'argent à ce beau-frère de sa femme, qu'il était bien ennuyé; et que comme l'autre ne pourrait sûrement le rembourser, il serait peut-être obligé de lui reprendre sa maison… »

Grâce à ce cheminement innombrable de souvenirs, à toutes ces courses de fourmis, les pistes les plus fugitives finissaient par être retrouvées ou recoupées. Parfois même certains croisements permettaient de reconstituer les avatars [1] de ceux dont on n'avait plus eu de nouvelles directement : « Mais le jour où nous étions allés ensemble chez l'agent de change [2], pour retirer les deux Tharsis [3], est-ce que le caissier ne t'avait pas dit justement, quand tu lui avais demandé si les Perrotet étaient toujours dans le dix-septième, qu'ils avaient vendu pour s'installer rue de Sèvres à deux pas du Bon Marché ? »

Ces évocations étaient mélancoliques, parce qu'elles ne cessaient de les ramener vers les jeunes temps de leur ménage, vers des amis disparus, vers des saisons où la gaîté était prompte, l'infortune moins redoutable; parce qu'elles faisaient soudain surgir une rencontre au parc Monceau, sous le grand soleil, avec des gens vêtus de leurs habits du dimanche; un feu d'artifice que l'on avait regardé, assis sur l'herbe de la Butte-Montmartre, en bavardant avec des voisins de quartier, que l'on connais-

---

1. *Avatars* : métamorphoses, changements de destinée.
2. *Agent de change* : officier public qui négocie les valeurs de Bourse.
3. *Tharsis* : nom d'une firme industrielle ou commerciale, cotée en Bourse, dont les Bastide possèdent deux actions.

sait de vue, mais que l'on n'avait jamais abordés jusque-là ; une partie de cartes où vous avaient invités les anciens locataires du second, ceux « qui avaient un fils ingénieur » ; même la fête exceptionnelle d'un repas « de huit couverts » chez des amis ou à la maison. Elles étaient quelquefois amères parce qu'en ce moment de détresse, elles faisaient un peu trop penser à la réussite de certains autres. Même les plus bénignes [1] semblaient touchées par une ombre, qui était celle du malheur actuel.

Pourtant les deux époux s'y attardaient avec complaisance. Ils ne se fatiguaient pas de ces promenades pleines de méandres, où le passé redevenait de l'imprévu, où le faufilement des souvenirs ressemblait à une aventure. Chemin faisant, ils se demandaient à eux-mêmes : « Ceux-là, qui ont réussi, étaient-ils donc plus instruits, ou plus capables ? Avaient-ils travaillé davantage ? Ou doivent-ils seulement bénir leur chance ? » Mais ils n'osaient pas se le demander franchement l'un à l'autre. Ils évitaient de se dire : « Qu'aurait-il fallu faire ? Avons-nous pris la mauvaise route ? » Car si de telles questions sont déjà désespérantes quand on se les pose dans le secret de son cœur, formulées à haute voix, entre deux êtres qui ont engagé ensemble la sévère partie de la vie, qui ont choisi, décidé ensemble, elles sonnent d'un accent si poignant qu'on n'a plus le courage de se regarder. Ils s'en tenaient plutôt à des réflexions incidentes [2], ou

1. *Bénignes* : anodines, sans gravité.
2. *Incidentes* : qui n'ont qu'un rapport secondaire avec le sujet principal.

latérales. Ils disaient par exemple : « Les Moulard n'ont eu qu'un enfant. » Ou : « Avec leurs deux traitements, les Prestot n'avaient pas de peine à s'en tirer. » Ou : « Ceux-là aussi ont pris un commerce. » Mme Bastide s'enhardit jusqu'à insinuer : « Tu te rappelles, quand nous avons eu nos premiers trois mille francs, qu'un jour je t'ai dit : Si nous achetions un fonds ? Pour le surplus [1], on nous donnerait du temps. » M. Bastide ne répondit pas. Il s'apercevait bien lui aussi, dans cette revue qu'ils faisaient de tant de destinées diverses, que les seuls, parmi les gens de leur monde, qui avaient fait fortune, étaient ceux qui un beau jour avaient eu le courage de lâcher une place « sûre », et de risquer leurs deux sous d'économies dans un petit commerce. Telle était la loi de l'ascension sociale, au moins pour les gens pressés. Les autres, dans le cas le plus favorable, ne pouvaient que s'en remettre à la génération suivante : « Mon fils continuera ses études. Je lui ferai préparer les Arts-et-Métiers. Ou même Centrale. » Les plus fous d'ambition disaient : « Polytechnique. »

Mais les Bastide et surtout le père, n'en tiraient pas la conclusion : « Puisque nous avons failli [2] jadis, quand nous avions trois mille francs d'économies, tenter la chance comme tant d'autres, et prendre un commerce, qu'est-ce qui nous empêche de le faire, maintenant que nous en avons près de dix mille ; et qu'au lieu qu'il y ait une situation sûre à

1. *Surplus* : supplément, ce qui reste à payer.
2. *Puisque nous avons failli* : puisque nous avons manqué à notre destin.

quitter, c'est elle qui nous quitte?» Il se trouvait trop vieux; d'abord au physique. «Si je devais me lever à quatre heures du matin pour aller aux Halles? Ou veiller jusqu'à plus de minuit? D'autant que les débuts sont toujours plus durs.» Au moral aussi. Il est difficile à cinquante ans de prendre l'habitude du risque et de l'initiative, de l'action non protégée, quand on s'est accoutumé si longtemps à cette couverture à la fois agaçante et douillette que forme sur vous l'autorité d'autrui. Mais il se trouvait trop vieux encore d'une façon moins explicable. Comme si, passé un certain âge, c'était la destinée elle-même de l'être qui vieillissait. Ce qu'elle n'a pas donné, elle ne le donnera plus. Elle possède son visage définitif, qui ne peut changer que pour enlaidir. Elle n'a plus de ressources cachées; ni assez de souplesse pour se prêter à de grands changements. Tout ce qu'on lui demande, c'est de ne pas décliner trop vite.

Mme Bastide partageait si bien cette croyance de son mari qu'elle essayait de lui enlever ses regrets silencieux touchant le passé : «Nous ne pensons qu'à ceux qui ont réussi, insinuait-elle, mais les autres? Il y a des fins de mois où ils auraient été bien contents de n'avoir que la peine de passer à la caisse comme toi.»

Quant aux démarches que M. Bastide entreprenait ensuite pour rejoindre les gens, elles n'allaient pas non plus sans charme. Il avait laissé à chacun le souvenir d'un brave homme. On l'accueillait comme quelqu'un qui vient d'avoir un grand deuil. On s'informait avec précaution. Rien de bien précis ne sortait de ces entrevues. Mais il en revenait plutôt réconforté. « Si tu savais comme ils m'ont bien reçu ! » Dans le malheur, il n'est pas prudent d'attendre de ses semblables une aide très effective [1], mais ils vous procurent déjà un bienfait, quand ils vous donnent l'impression que vous n'êtes pas seul. Pouvoir se dire : « Il y a tant de gens à Paris qui m'ont écouté avec intérêt, qui ont vraiment pris part à ma peine, qui m'ont secoué la main avec effusion quand je suis parti ! Ils en ont sûrement parlé le soir entre eux. » Un esprit sec [2] ricanerait : « Cela vous fait belle jambe ! » Mais il est dans le caractère d'un brave homme d'être infiniment sensible aux marques d'attention d'un monde qui est le sien, bien qu'il ait paru vivre pendant des années comme si ce monde ne comptait pas pour lui.

Mme Bastide, après un premier échange de propos, restait silencieuse. Louis, assis en face d'elle, pénétré de méditation, remarqua tout à coup :

– Comme nous étions heureux, maman, avant !

Cette réflexion répondait si bien à ce qu'elle avait senti depuis plusieurs jours, qu'elle en fut saisie. Elle déclara :

– C'est vrai ! C'est vrai !

d'un air non d'approbation vague, mais d'adhésion pathétique [3], et de soulagement.

Elle n'ajouta rien. Mais la mère et le fils continuèrent en silence cette pensée : « Comme nous

1. *Effective* : efficace.
2. *Sec* : sans générosité, sans cœur.
3. *Adhésion pathétique* : approbation passionnée et émue.

étions heureux avant ! » Ils en prenaient à témoin, du regard, le logis, les meubles. Ils se reprochaient de ne pas se l'être assez dit plus tôt, de ne pas s'être aperçus pleinement, avidement, de leur bonheur pendant qu'il existait.

Qu'un seul des soirs de naguère pût revenir ! Le même calme dans la petite salle à manger. La même lumière de la lampe. Le repas qui s'apprête. Le père qu'on attend. (Il arrivera de son travail, et non de courses décourageantes.) Tout ce qu'on peut demander de sécurité, quand on est créature humaine. L'affection, à peine troublée par des querelles d'un moment, ou de petites bouderies d'une heure. Comment ne se le disait-on pas chaque soir, même au risque de radoter ? Comment ne pressait-on pas sur son cœur, chaque soir, pour l'obliger à sentir, minute par minute, que le bonheur n'était pas quelque chose d'enfui, ou quelque chose de vaguement possible ; non ; mais qu'il était là ?

Soudain, Mme Bastide, pâlissant, dit d'une voix altérée [1] :

– Mon sac ! Louis, tu n'as pas vu mon sac ?

Elle se leva, fit le tour des pièces du logement, revint :

– Tu n'as pas remarqué si je l'avais tout à l'heure ? Tu ne m'as pas vue le poser quelque part ?

Elle continuait à chercher. Louis cherchait aussi. Parfois elle s'arrêtait et, le visage concentré, s'effor-

---

1. *Altérée* : faussée par l'émotion.

çait de reconstituer tous les mouvements, tous les changements de place qu'elle avait pu faire depuis sa dernière sortie. Était-elle sûre au moins qu'elle l'avait en arrivant ?

Il lui vint une bouffée de joie : « Que je suis bête ! Si je ne l'avais pas eu, je n'aurais pas pu entrer, puisque mes clefs sont toujours dans mon sac. »

Là-dessus, l'angoisse recommença plus fort, diminuant encore la place de l'espérance.

« Mais non, c'est vrai. J'avais laissé mes clefs chez la concierge, pour le cas où passerait le contrôleur du gaz… Mais si je n'avais pas eu mon sac, il me semble qu'au moment où je les ai reprises, je me serais aperçue qu'il me manquait ? Peut-être pas. Je suis si drôle, ces jours-ci. Il me trotte tant de choses dans la tête. »

Elle essayait maintenant de se voir, de se sentir de nouveau, sur le seuil de sa porte, quand elle l'avait ouverte. Les clefs dans la main droite. Est-ce que la main gauche était libre, l'intervalle vide entre le bras et le côté ?

« C'est vrai, que j'avais ce petit paquet, de toute façon, que je rapportais de chez Luce [1]. Est-ce que j'avais mon sac dans la main, et le paquet serré un peu au-dessus ? ou pendu au doigt par la ficelle ? Je n'arriverai jamais à en être sûre. »

– Tu as peur d'avoir perdu ton sac, maman ?

– Oui, mon petit, j'ai bien peur.

– Mais où ça ?

1. *Luce* : magasin d'alimentation situé place de Clichy.

– Je n'en ai aucune idée. Je ne suis allée que chez Luce, où il y avait une réclame de charcuterie. Je l'avais au moment de payer puisque mon argent était dedans. Est-ce que je l'ai laissé tomber ensuite, ou est-ce qu'on me l'a volé ? Je suis distraite, vois-tu, depuis quelques jours, mon pauvre petit. La moitié du temps, je ne sais plus ce que je fais. Oh ! ce n'est pas une excuse. Je m'en voudrais tellement, si vraiment je l'avais perdu…

Elle semblait solliciter l'indulgence de son petit garçon. Elle prenait le ton d'une mère coupable. Tout en soupirant, elle cherchait encore. Elle déplaçait pour la vingtième fois le même objet, fouillait des recoins, où elle savait bien que son sac n'avait pas pu aller tout seul, et où elle n'était pas assez folle pour l'avoir fourré. Elle tournait et retournait afin d'étourdir son remords, afin, aussi, de se fatiguer et de se punir.

Louis, qui avait longtemps retenu sa question, demanda :

– Il y avait beaucoup de choses dans ton sac, maman ?

– Tais-toi, mon petit. Il y avait d'abord mon porte-monnaie de cuir vert, avec un peu de monnaie. Il y avait surtout un billet de cinquante francs, que j'y avais mis l'autre jour, et que je n'avais pas encore entamé.

Un billet de cinquante francs ! Louis, les yeux agrandis, considérait devant lui, dans le vide, l'énormité de la somme. Il voyait le malheur découvrir l'une après l'autre ses péripéties construites comme celles d'un cauchemar. Et il était trop terrifié pour dire un mot.

8. Nous sommes tellement seuls

Au bout de la rue Sainte-Isaure, après la sortie du matin et la dispersion des rangs, Clanricard [1] fut abordé par le petit Bastide.

– Ah! c'est toi? Comment vas-tu? Tu te plais dans ta nouvelle classe?

– Oui. Mais j'ai quelque chose à vous dire, monsieur Clanricard.

– Diable! Ce n'est pas grave? que tu prennes cette mine. Tu t'es fait punir?

– Oh non! monsieur... C'est papa qui a perdu sa place.

– Vraiment? Et il y a longtemps?

– Oui. Il y a plus d'une semaine.

– C'est donc cela que je te voyais tout triste dans la cour. Je me disais : Mais tiens! Bastide ne joue plus. Il se sent peut-être fatigué... Mais il va bien retrouver une place, ton papa?

Louis secoua la tête :

– Voilà dix jours qu'il cherche. Il n'a rien trouvé.

– Ça peut se produire d'un moment à l'autre. Il ne faut pas désespérer si vite...

Clanricard était pressé. Il avait rendez-vous avec Mathilde Cazalis pour déjeuner dans un petit restaurant de Montmartre. Le prétexte de leur rencontre était un essai de quelques pages, que Clanricard venait de terminer, et qu'il voulait mon-

1. *Clanricard* : voir la note 3, p. 39.

trer à Mathilde. Le morceau était intitulé : *Nous sommes tellement seuls.* Clanricard l'avait écrit avec émotion, en se souvenant de la promenade nocturne qu'il avait faite un mercredi en compagnie de Laulerque et Darnould [1], le long des rues de la Butte. Le titre même en était le début d'une phrase de Laulerque dont Clanricard avait été frappé. L'essai devait paraître dans le prochain numéro d'une jeune revue où collaboraient surtout des instituteurs, et où Clanricard avait déjà été accueilli une première fois. Clanricard n'avait pas d'ambitions littéraires; mais comme il était au fond un timide, il trouvait là un moyen de soulager son cœur que la conversation ne lui procurait pas. En causant avec les gens, il craignait toujours d'être long; ou qu'une expression trop nuancée ne «fît prétentieux». Il se laissait prendre la parole. Il avait spécialement la terreur des gens qui vous interrompent au moment où vous allez dire l'essentiel. Devant son papier, au moins, il parlait comme il voulait. Et c'était à une femme, à Mathilde, jugeant avec son cœur, qu'il désirait soumettre ce qu'il avait écrit avec son cœur. Mais ce rendez-vous répondait encore chez Clanricard à une arrière-pensée plus tendre. Chez Mathilde aussi peut-être.

Le petit garçon insistait :

1. *Laulerque, Darnould, Mathilde Cuzulis* sont de jeunes instituteurs, camarades et collègues de Clanricard, qui participent avec lui à des réunions chez leur ancien professeur d'histoire, Sampeyre, où sont commentés les événements politiques et sociaux du moment.

– Je m'étais dit, monsieur Clanricard, que vous qui connaissiez tant de monde, vous pourriez recommander papa ; ou lui donner des adresses.

– Tant de monde… ma foi non, mon petit, je ne connais pas tant de monde. Surtout dans ces milieux-là… Qu'est-ce que faisait ton père, au juste ?

– Il travaillait chez un marchand de porcelaines. Mais on pourrait le prendre n'importe où. Il est très sérieux. Il a une bonne écriture.

Louis s'efforçait de parler posément, sans passion, comme il supposait qu'on doit le faire quand on recommande quelqu'un et qu'on veut être cru. Mais une émotion illimitée affluait tout contre ses paroles.

– Pour le moment, je ne vois pas trop, disait Clanricard. Tu me prends au dépourvu. Je vais réfléchir.

Il saisit dans les yeux du petit garçon une telle confiance, déjà un peu déçue, et l'imminence [1] d'une telle détresse, qu'il voulut rassurer sa propre conscience en sacrifiant une minute encore :

– Je le note sur mon carnet, tu vois, pour ne pas risquer d'oublier. J'en parlerai. Il n'y a pas beaucoup de chances. Mais tout arrive…

Une idée lui traversa l'esprit : « Savoir quelles sont les convictions politiques du père Bastide ? Si par hasard c'était un militant de gauche, il me serait plus facile d'intéresser à son sort Pierre ou Paul. » Mais il eut honte de cette pensée. Il se dépêcha de dire :

1. *Imminence* : approche rapide et prochaine d'un événement.

– Ne crains pas de venir m'en reparler au besoin. Et que cela ne t'empêche pas de jouer avec tes camarades. Ce n'est pas de te rendre malade de chagrin qui arrangerait les choses.

Il s'éloigna, assez lentement d'abord. Mais dès qu'il fut à quelque distance, il tira sa montre, et pressa le pas.

Tandis qu'il s'engageait dans la rue du Mont-Cenis – le rendez-vous était en haut de la Butte – il se répéta à deux ou trois reprises : « Tu es un salaud. Tu ne vaux pas mieux que les autres. » Mais une allégresse qui descendait de la Butte à sa rencontre dominait cette voix comme un bruit de ruisseau. Et Clanricard découvrait la douceur un peu scandaleuse qu'il peut y avoir à être « léger ».

104

Le soir du même jour Clanricard vit avec surprise – il n'osa pas s'avouer : avec gêne – le petit Bastide qui de nouveau le guettait. L'enfant conservait sa mine triste ; mais il avait le regard plus tendu.

Il saisit la main de l'instituteur, et, sans la lâcher, lui dit d'une voix qui tremblait :

– Monsieur Clanricard, j'ai réfléchi à une chose. Je ne vous ai pas expliqué ce matin. Papa a été renvoyé parce qu'il avait mal répondu au patron. Papa est pourtant très poli d'habitude. Mais, n'est-ce pas, on avait été injuste. Alors j'ai bien compris, d'après ce que dit maman, que si papa avait fait ses excuses, le patron lui aurait dit : « Ça ira pour cette fois-ci. Ne recommencez plus. » Mais papa est trop fier. Il n'ira jamais. Alors, moi, je veux y aller, monsieur Clanricard. Mais je ne suis pas assez grand. Il faut que vous veniez avec moi, monsieur Clanricard ; pas aujourd'hui, bien sûr, si vous n'avez pas le temps ; mais quand vous voudrez. Je vous expliquerai bien tout en y allant. Vous comprenez que quand ils vous entendront parler, vous, ils diront oui. Mes parents ne savent pas que je veux faire ça. Il ne faut pas le leur dire. Mais vous voulez bien, monsieur Clanricard ?

Clanricard était ému. Il trouvait l'idée du petit garçon très touchante ; mais avant même d'y avoir réfléchi, il la jugea de toute évidence impraticable. C'était une « idée d'enfant ». (Quand l'esprit s'est nanti d'une prévention [1] pareille, il se fait tout entier avocat. En réalité, il cesse de s'occuper de la question pour ne penser qu'aux arguments. Il se demande non : « Que vaut-il mieux faire ? » mais « Que vaut-il mieux dire ? » Le seul problème étant de persuader, la mauvaise foi elle-même n'est pas mal accueillie si elle vient donner un coup de main.)

– Il y a une chose que je te signale tout de suite, mon petit Bastide. Nous ne pouvons absolument pas tenter cette démarche sans en parler d'abord à ton père. Imagine – ce dont je doute un peu, mais enfin – que le patron se laisse attendrir par nous. Dans ce cas, il nous déclarera probablement : « Eh bien, mon petit garçon, dis à ton papa » ou « Vous, monsieur l'instituteur, dites à M. Bastide, qu'il peut venir me trouver. Il n'aura qu'à m'exprimer ses regrets et nous n'en reparlerons plus. » Et si ensuite

1. *Prévention* : méfiance de principe contre une idée.

ton père ne veut rien entendre ? Supposons même que le patron ne demande pas d'excuses. Ton père en apprenant après coup notre démarche pourra se fâcher : « De quoi vous êtes-vous mêlés ? Le patron a dû croire que c'est moi qui vous envoyais. Je ne vous ai pas chargés d'aller vous humilier en mon nom. » Tu comprends, mon ami… il faut d'abord le mettre au courant.

– Mais alors, ce n'est pas possible, monsieur Clanricard.

Clanricard écarta un peu les bras, comme pour signifier : « Je ne te le fais pas dire. »

Louis levait sur son ancien maître des yeux douloureusement déconcertés. « Est-ce là, songeait-il, la sagesse des grandes personnes ? Quelles complications vont-elles chercher ! »

Il était sûr, lui, que son idée était bonne. Il la sentait d'avance réussir. Mais il ne pouvait pas l'exécuter tout seul et il n'imaginait personne d'autre au monde pour l'aider que M. Clanricard.

Il baissa les yeux. Clanricard pensa qu'il se résignait, et lui donna en guise de récompense une tape sur la joue. Ils se dirent au revoir. L'enfant se retrouva, sans aucun compagnon, dans la mouillure d'automne. Il n'avait plus que les pensées de sa tête à qui parler et à qui répondre. Il se défendait de juger Clanricard. Mais il savait bien que les raisons que l'instituteur venait de lui donner n'étaient qu'un prétexte. « J'ai vu tout de suite qu'il ne voudrait pas. » Il se disait encore : « Il m'aime moins que je ne croyais. » Puis : « Il se figure peut-être que papa a été chassé comme voleur. » Les lumières d'une petite boutique clignaient sur un étalage de sucreries. Un chien, le poil couvert de gouttelettes brillantes, trottinait devant l'enfant comme pour lui montrer le chemin. « Mais si je me baissais pour le caresser, il s'échapperait en faisant un grognement. » Un autobus passait trop près du trottoir. Son garde-boue frôlait presque le bras de Louis. « Si j'étais tombé dessous, personne ne m'aurait rattrapé. » Notre-Dame de Clignancourt sonnait. Ce n'était pas une très belle cloche ; et Louis ne savait pas si c'était ce qu'on appelle l'angélus [1]. Voilà des détails qu'on oublie de vous apprendre au catéchisme. Mais il avait idée que l'angélus est fait pour aller chercher jusqu'au fond des quartiers les gens qui ont de la peine. Que peut leur dire l'angélus ? Rien qui ressemble à des paroles. Mais ils sont heureux de l'entendre. La voix de la cloche répète assez longtemps le même cri sur les rues mouillées ; un cri grand ouvert qui passe par-dessus vos têtes et va toujours plus loin. Ai-je encore une maison ? Y a-t-il une lampe allumée pour moi sur la table ? Les gouttes de bruine [2] contre le visage, qui d'abord étaient piquantes et hostiles, cessent de vous déplaire à la longue. Elles imitent sur les joues la présence des larmes. Mais elles ne viennent pas de vous. Vous les recevez, assez étrangères pour que chacune vous surprenne un peu, assez attendues pour qu'elles vous apaisent. Elles vous touchent finement les paupières comme pour vous rappeler que vous finirez par dormir, et que la plus triste journée tombe sou-

1. *Angélus* : sonnerie des cloches qui annonce les prières du matin, du midi et du soir.
2. *Bruine* : pluie fine et froide qui tombe lentement.

dain dans le sommeil qui l'efface miraculeusement. C'est aux endroits où la rue devient déserte que les gouttelettes vous entourent le mieux et vous saisissent. On ne voit plus qu'elles, jusqu'à la lumière du bec de gaz qui les fait tourner comme une roue. Mais pourquoi la cloche s'est-elle éteinte? Comme on écoute plus que tout à l'heure, on entend une espèce de tû-û-û, tû, û, û. C'est peut-être le cri d'un des trains qu'on voit de la halte de verre. Mais il est déjà plus loin que les ponts qu'on connaît, déjà parti. On l'entend comme si lui-même n'était plus nulle part. Son tû, û, û vous arrive du ciel comme un angélus beaucoup plus secret que distinguent seulement ceux qui marchent en silence et qui prêtent l'oreille. Pourquoi y a-t-il une douceur à entendre ce que mille et mille autres n'entendent pas? Pourquoi quelque chose dans votre tête s'imagine-t-il que ce tû-û-û ne serait pas venu jusqu'à vous si vous n'étiez pas malheureux? Et pourquoi vous promettez-vous, quand vous serez dans votre lit ce soir, d'écouter bien soigneusement, de chercher à tâtons dans la rumeur du ciel, afin de ressaisir le même tû-û-û, qui s'y cachera encore, le même, qui réapparaîtra au loin tout à coup, si vous avez la patience de guetter en retenant votre souffle.

9. Une « dame » comme bien d'autres

– Est-ce que Madame sait où est Monsieur ?

– Il doit être au magasin.

– Au magasin ils ont dit que non. C'est parce qu'il y a un petit garçon qui demande à le voir.

– Un gamin envoyé par une maison ?

– Oh ! je ne sais pas. Je ne pense pas. Il dit qu'il veut parler à monsieur Yvoy personnellement.

– Ce n'est pas un petit mendiant ?

– Non. Il est gentiment habillé.

– Où est-il ?

– Sur le palier. Je ne l'ai pas fait entrer.

– Eh bien, allez lui demander ce qu'il veut.

Mme Yvoy était déjà en toilette. Elle avait un corsage de soie blanche, avec dentelles ; une jupe de soie noire ; des boucles d'oreilles, à fine monture d'or, ornées chacune d'un beau solitaire [1]. Mais elle avait gardé quatre bigoudis pour venir à bout de mèches de cheveux naturellement plus indociles que les autres, surtout par changement de temps. Elle défit les bigoudis, tapota sa chevelure.

– Il n'a pas voulu me le dire, fit la bonne, qui rentrait dans la chambre. Mais quand je lui ai eu expliqué que Monsieur n'était pas là, qu'il n'y avait que Madame, il a eu l'air de dire qu'il voulait bien en parler à Madame.

1. *Solitaire* : diamant monté seul.

– Il ne fallait pas lui dire ça. Vous savez, moi, tous ces gens qui insistent pour être reçus, je n'aime guère ça. Neuf fois sur dix on le regrette. C'est toujours pour vous quémander [1] quelque chose; quand ce n'est pas avec l'intention de voler, ou de faire des remarques. Enfin, il n'a pas trop mauvaise façon [2], ce gamin?

– Mais non, madame. Il est très poli. À le voir, ça pourrait être aussi bien un petit garçon de gens que Monsieur et Madame fréquentent. Je veux dire à quelque chose près.

– En attendant, ne le laissez pas seul trop longtemps.

– J'ai poussé la porte contre; et il y a le crochet.

– Bon. Faites-le entrer dans l'antichambre [3]. Et restez près de lui. J'y vais tout de suite.

En effet, ce petit garçon était habillé proprement. Il n'avait pas la mine insolente. Mais il fallait le mauvais goût d'Irène pour être tenté de le confondre avec les enfants d'amis. De plus, Mme Yvoy, qui avait de la délicatesse d'odorat, et un grand souci personnel de l'hygiène, sentait venir de l'enfant une odeur, très peu accentuée à vrai dire, mais qui trahissait une classe inférieure. (Le corps n'est pas lavé assez souvent, dans son ensemble ni dans ses recoins. Le linge, qu'on

1. *Quémander* : mendier, solliciter en importunant.
2. *Façon* : manière, ici apparence et éducation.
3. *Antichambre* : entrée d'un appartement où l'on faisait éventuellement attendre les visiteurs.

épargne, surit [1] un peu. Les vêtements emportent avec eux le relent [2] d'un placard situé trop près de la cuisine.)

– De quoi s'agit-il, mon petit ami ?

L'enfant, qui avait pensé à cette entrevue une partie de la nuit, n'avait rien imaginé qui ressemblât à ce qui commençait d'avoir lieu réellement. Il s'était préparé aux circonstances les plus intimidantes, même à une comparution solennelle [3] dans une pièce vaste, devant un monsieur sévère qui vous regarde venir, les sourcils froncés. Cette dame un peu forte, poudrée, au beau corsage blanc, dont la voix était assez hautaine, mais point malveillante, aurait dû l'effrayer bien moins. Mais elle avait l'air pressée. Le lieu même n'était pas de ceux où l'on s'attarde. L'on sentait qu'il faudrait avoir tout dit en deux mots. Ce qu'il avait médité, c'étaient de longues phrases, qui auraient eu le temps de monter du cœur, et peut-être de l'atteindre chez autrui. Mais les « deux mots » lui manquaient.

– Je suis le fils de monsieur Bastide, dit-il.

– Monsieur Bastide ?

– Oui. Papa travaillait chez vous, au magasin. Il a perdu sa place.

– Oui, je me rappelle. Et alors ? Qu'est-ce que vous vouliez à monsieur Yvoy ?

« Il vient demander une charité, pensa-t-elle, ou tout simplement réclamer un objet que son père a laissé en bas. »

1. *Surit* : devient aigre et acide.
2. *Relent* : trace d'odeur.
3. *Solennelle* : voir note 2, p. 81.

L'enfant semblait anxieux. Il faisait faire à sa tête un mouvement bizarre de rotation, comme si quelqu'un lui eût tordu les membres, et qu'il voulût échapper au supplice.

– Allons ! Je vous écoute.

– Je voulais dire à monsieur Yvoy qu'il reprenne papa. Parce que papa n'a pas voulu faire des excuses. Mais il serait bien content de revenir.

– Et pourquoi n'a-t-il pas voulu faire des excuses ?

L'enfant ne répondit pas.

– C'est très joli, la fierté ! Mais quand on a besoin des gens, on la remise [1] un peu. Il n'attend tout de même pas que ce soit monsieur Yvoy qui lui en fasse ? Et pourquoi t'a-t-il envoyé ? Il n'est pas assez grand pour venir lui-même ?

– Ce n'est pas lui qui m'a envoyé, madame. Il ne

sait pas que je suis venu.

– Alors, il n'a même pas eu le mérite du geste ? Comment veux-tu que monsieur Yvoy en tienne compte ? Tu es un bon petit garçon de vouloir prendre les intérêts de tes parents ; mais ce n'est pas à monsieur Yvoy que tu devais t'adresser. C'était à ton père, mais oui, pour qu'il se résigne à ce qui n'est en somme qu'un léger sacrifice d'amour-propre. Vous m'avouerez !... Quand on a charge de famille, on met le bonheur des siens avant son amour-propre. Il me semble. Oh ! Je ne sais pas ce que monsieur Yvoy aurait décidé. Maintenant, de toute façon, il est trop tard. Une démarche pareille, ça se fait tout de suite ou pas du tout. Il y a longtemps que ton père est remplacé.

1. *On la remise* : on la met de côté.

« Remplacé ». Le mot glaça Louis Bastide. Depuis dix jours, il s'était représenté avec toute la force et l'amertume possibles que son père avait perdu sa place. Mais l'idée ne lui était pas venue qu'il pût être remplacé. Mot implacable [1]. La place est prise, comme dans les jeux. Non seulement elle vous quitte, mais elle est à un autre. Quelqu'un s'y est casé dedans, qu'il faudrait déloger. Et vous ne le délogerez pas.

Pendant ce temps Mme Yvoy s'excitait de ses propres paroles. Elle avait commencé dans un sentiment d'indulgence condescendante [2]. Mais d'une phrase à l'autre, elle venait de découvrir que l'attitude de ces gens passait la mesure. Elle aurait pu être attendrie par la présence de l'enfant, par le chagrin qu'il exhalait [3] de tout son visage, par les yeux suppliants qu'il faisait. Mais elle était de ceux qui, lorsqu'ils se mettent à parler plus vite et plus fort que d'habitude, cessent de voir autour d'eux. On dirait qu'une buée légère s'élève de leurs nerfs et de leur sang. Ils habitent une émanation [4] d'eux-mêmes qui les enivre.

Des idées familières, qu'elle considérait comme le fruit de son expérience, achevaient de la rendre aveugle. « Ces gens-là ne vous savent jamais aucun gré [5] de ce qu'on fait pour eux. Votre pitié, ils la prennent pour de la faiblesse. Ce sont les bonnes

1. *Implacable* : sans pitié.
2. *Condescendante* : où se mêlent la pitié et le mépris.
3. *Qu'il exhalait* : qu'il dégageait.
4. *Émanation* : vapeur, odeur se dégageant d'un corps solide.
5. *Aucun gré* : aucune reconnaissance, aucun merci.

que j'ai le mieux traitées qui se sont le plus mal conduites avec moi. Le père Bastide, si on lui avait offert ailleurs trente francs de plus par mois, nous aurait lâchés sans un mot de regret. Que mon mari ait la naïveté de le reprendre, il se souviendra seulement qu'on l'avait renvoyé, et il gardera sa rancune, en plus de sa mauvaise tête. D'ailleurs, lorsque quelqu'un vous a fait une offense grave, il faut savoir à quoi on s'expose en lui pardonnant : il recommencera. Parce que c'est dans son caractère. Et ensuite parce que vous l'avez habitué à l'idée que le pardon lui est dû. »

Ainsi, comme il était arrivé à Wazemmes [1] de rejoindre les Stoïciens [2], Mme Yvoy tirait de son fonds un des aphorismes [3] les plus décourageants de Schopenhauer [4]. Mais, tel un montreur de serpents, elle le tenait de façon qu'il ne pût se retourner contre elle-même. Elle oubliait avec le plus grand naturel que son mari lui avait pardonné naguère deux infidélités devenues patentes [5], et qu'elle avait suffisamment regagné sa confiance pour pouvoir sans trop de risque en ébaucher une troisième.

Et puis Mme Yvoy qui avait de la corpulence, de la poitrine, de beaux solitaires aux oreilles, une voix qui s'aigrissait facilement, était elle aussi une

1. *Wazemmes* : personnage de jeune apprenti présent dans plusieurs volumes des *Hommes de bonne volonté*.
2. *Stoïciens* : philosophes de l'Antiquité grecque.
3. *Aphorisme* : maxime morale énoncée en peu de mots.
4. *Schopenhauer* : philosophe allemand (1788-1860), théoricien d'une vision pessimiste du monde.
5. *Patentes* : visibles de façon évidente.

timide. Elle se sentait toujours menacée par le dédain ou le sans-gêne d'autrui, et incapable d'y répondre, à moins de se fouetter. Elle avait trompé son mari surtout pour se rassurer quant à ses moyens de plaire, dont elle doutait par recrudescences [1] périodiques. C'est lorsque le doute approchait de son point culminant, qu'elle s'arrangeait pour rencontrer un adorateur. Dans ses rapports avec les inférieurs, elle avait conscience de l'effort qu'elle devait accomplir sur elle-même « pour ne pas se laisser mettre le pied dessus » ; mais elle trouvait plus avantageux d'appeler sa timidité bonté. « Je suis trop bonne. Il faut que je me surveille, que je m'oblige à être dure dans certains cas. » Elle était sincèrement persuadée que dans plusieurs circonstances de sa vie, sa bonté lui avait joué des tours pendables. « On a du mal à se refaire. Mais on doit lutter. » Quand elle avait réussi, comme cette fois, à se monter un peu en parlant, au lieu de chercher ensuite à se calmer, elle se félicitait du courage qui lui arrivait ainsi, et qui la défendrait d'une nouvelle sottise. « Pour un peu, je me laissais prendre. Moi, dès qu'on s'adresse à mon bon cœur… surtout un enfant. Ce petit garçon, n'est-ce pas, avec ses airs de Sainte-Nitouche [2]!… Je suis pourtant payée pour savoir que tout ça, c'est de la comédie. Qu'y a-t-il de plus touchant que ces enfants qu'on dresse à implorer les passants dans la rue ? C'est même parce que c'est trop touchant qu'on doit se méfier. » Il lui était

1. *Recrudescences* : reprises.
2. *Sainte-Nitouche* : personne hypocrite qui cache ses défauts sous une apparence de dévotion.

d'ailleurs facile de démêler sur le visage de Louis Bastide tous les signes de comédie qu'elle voulait, puisqu'elle ne le regardait plus.

Peut-être Louis eût-il été mieux inspiré en ne parlant pas de M. Yvoy, et en feignant d'attendre de la dame elle-même l'initiative d'un geste généreux. Elle se serait dit encore : «Je suis trop bonne.» Mais le plaisir de se voir attribuer l'autorité en dernière instance [1] eût sans doute compensé la peur d'être faible.

Louis ne devinait pas tous ces détours. Il voyait seulement en face de lui une dame assez grosse, richement vêtue, ornée de bijoux précieux, qui lui parlait de haut en bas avec une irritation croissante, et qui, loin de lui laisser rien espérer, lui reprochait en somme d'être venu.

Elle roulait rapidement les yeux. Son buste montait et redescendait. Elle respirait l'orgueil, la domination, la colère. Elle ressemblait aux despotes tuméfiés de l'Écriture Sainte et de l'Histoire [2].

L'enfant la considérait avec horreur. À un mouvement qu'elle fit vers lui, il recula. Entre cette femme d'un côté, son père et sa mère de l'autre, il n'apercevait maintenant aucun trait commun. Leur identité de structure physique ne comptait plus. Ils faisaient partie de la même société, évidemment,

---

1. *En dernière instance* : en dernier recours, en dernier lieu.
2. *Despotes tuméfiés de l'Écriture Sainte et de l'Histoire* : il s'agit des tyrans coléreux, cruels et repoussants, aussi gonflés de leur importance que de leur graisse, et qui parsèment, d'une part les pages de la Bible (Nouveau et Ancien Testament), de l'autre celles de l'histoire, notamment de l'Antiquité. On peut penser ici à Néron ou à Hérode.

mais non pour cela de la même espèce. L'instinct de l'enfant cessait de lui affirmer qu'une disposition semblable des yeux ou de la bouche prouve la parenté humaine, lors même que les regards des yeux et les paroles de la bouche s'acharnent à la nier.

Pendant ce temps, Mme Yvoy se répétait : «Je suis trop bonne. Si je ne me débarrasse pas tout de suite de ce gamin, je finirai par me laisser attendrir.» Elle avançait donc vers la porte, par intervalles; et lui, évitant chaque fois son approche, reculait comme devant une bête monstrueuse.

10. Louis criminel

Depuis le matin, Louis ne se reconnaît plus. Non seulement il a des pensées qu'il n'a jamais eues, mais toute l'impression que son être intérieur lui donne est changée. Tout y est crispation, sécheresse, amertume. Un tic des épaules, contre lequel sa mère l'avait mis en garde longtemps, et qui était passé, lui est revenu. Sur la barre inférieure du pupitre [1], il déplace à chaque instant ses pieds. Il prend plaisir à forcer, de la tranche de son talon, contre la barre. Il regarde les entailles que de mauvais élèves des années précédentes ont creusées dans le rebord de la table. Elles mordent profondément le bois. Parfois, entre deux entailles voisines, tout un morceau a éclaté. Cela sent la chose broyée et détruite, l'insistance à faire mal. Louis n'en est plus scandalisé.

Il suit distraitement l'exercice de calcul, trop facile pour lui. À chaque instant, il revient à la vision de Mme Yvoy debout dans l'antichambre [2], et le chassant peu à peu. Pour la première fois de sa vie, il déteste quelqu'un longuement, avec une fureur que des pensées plus douces ne viennent pas détendre. Il se sent méchant. Il accepte de l'être.

Mme Yvoy est devenue dans sa tête plus grande et plus grosse qu'en réalité. Elle le domine de haut. Son regard, les mouvements de sa bouche, de sa

1. *Pupitre* : bureau d'écolier dont la tablette est inclinée.
2. *Antichambre* : voir note 3, p. 110.

poitrine, le ton de sa voix reproduisent indéfiniment l'expression la plus odieuse qu'ils ont pu atteindre un instant, ce matin.

Elle agite une main vers lui, courte, potelée. Il rêve qu'il mord tout à coup cette main, le plus durement possible. Et la dame fait « auïh ! » d'une façon déchirante. Pendant qu'il pense à cela, Louis serre les dents, grince des dents. Il se voit encore la mordant au bras, à la cuisse. Il imagine une chair à la fois molle et tendre, où les dents sont contentes d'entrer. Mais mordre est une méchanceté d'animal ou de petit enfant. Il se voit tenant un poignard. Il n'a jamais tenu de poignard. Même quand il lui est arrivé de saisir un grand couteau de cuisine, il ne l'a jamais brandi à la façon menaçante d'un poignard, parce qu'il n'aime pas simuler [1] des actes cruels. Tout au plus a-t-il pu faire un geste de ce genre avec un de ces courts sabres de bois que les enfants se fabriquent pour jouer à la petite guerre. N'importe. Aujourd'hui, en imagination, il tient son poignard fort bien, le manche calé et serré dans sa main droite, la lame dressée obliquement vers le haut. C'est une lame assez longue, effilée, à deux arêtes et deux tranchants, la pointe pareille à celle d'une épée. Il vise Mme Yvoy tantôt du côté du ventre, tantôt du côté de la poitrine. Il a vu des mères allaiter leurs bébés dans les squares. Il sait comment se présente un sein volumineux, comment il retombe sur le torse et s'y rattache, par en-dessous. C'est là, sous l'un des seins, vers l'endroit de l'attache, qu'il ima-

1. *Simuler* : imiter.

gine, ou plutôt qu'il se prépare à imaginer l'enfoncement du poignard. Car il ne cesse de différer [1] cette vision extrême.

Ses tempes sont chaudes. Sa tête lui fait mal. Quand par hasard le maître l'interroge et qu'il répond, il ne reconnaît plus sa voix. Les visages de ses camarades lui paraissent fort lointains. Par moment, il lui semble que des distances tout à fait anormales se créent entre lui et les choses d'alentour. Ce sont comme des ondes qui sortiraient l'une de l'autre, et qui se déploieraient, en s'écartant, à une vitesse vertigineuse. Il a le sang-froid de se dire qu'aujourd'hui il se contente de rêver le meurtre de Mme Yvoy, comme il lui arrive de faire d'autres rêves qui n'aboutissent à aucune action; mais que demain, ou peut-être même dès ce soir, il y pensera

comme à un projet; et qu'un peu plus tard il est bien capable d'aller rue de Paradis avec un poignard caché sous sa pèlerine [2].

Quand ses yeux tombent sur un voisin, ils lui trouvent une physionomie puérile, dépourvue d'intérêt. Il considère comme évident que le moins favorisé de ses camarades est infiniment plus heureux que lui, mais qu'en revanche le plus sérieux n'a que des préoccupations futiles [3] à côté des siennes, et que le plus habitué aux pensées mauvaises est incapable d'imaginer si longuement qu'il tient un poignard dirigé vers la poitrine d'une dame de la rue de Paradis.

1. *Différer* : retarder.
2. *Pèlerine* : manteau en forme de cape, muni d'un capuchon.
3. *Futiles* : sans intérêt ni importance.

Le soir, dans son lit, il tire de dessous l'oreiller le couteau qu'il y a caché tout à l'heure. C'est un couteau de poche, d'un type paysan, à une lame, qu'il a pris dans le tiroir de la table de cuisine. Le manche d'os jaunâtre est fixé par de gros rivets. La lame ressemble, en plus petit, à celle d'un couteau à découper; le dos en est recourbé; la pointe, fort aiguë.

Il ouvre le couteau, tâte d'abord la pointe avec la pulpe [1] de son index. Et sa méchante vision se réinstalle. Au début, il est obligé de se pousser un peu; il manque d'entrain. Il s'aperçoit avec déception que sa haine s'est amortie. Mais l'idée du couteau la ravive.

Il appuie doucement la pointe contre sa cuisse; contre son ventre. Puis il relève sa chemise, la roule jusqu'au-dessus de sa poitrine. Il n'y a plus rien entre le devant de son corps et le drap trop neuf aux rugosités perceptibles. De la main qui ne tient pas le couteau, il se tâte, s'explore. La main arrive au-dessous du sein gauche. Il sait que le cœur est par là. Il le sent battre. Il reconnaît facilement le contour des côtes, leurs intervalles. Sa chair à lui ne forme là qu'une faible épaisseur. Mais au même endroit, il y a, chez les femmes, cette masse volumineuse, si impudique, au bout si voyant, que l'on aperçoit du coin de l'œil en passant dans les jardins publics, quand les mères donnent à téter. Il y a cette masse,

1. *Pulpe* : partie charnue et molle.

à gauche comme à droite, sous le corsage blanc de Mme Yvoy.

L'impureté même de l'image où il se complaît inquiéterait le petit garçon, qui a la notion de la chasteté [1], et qui en a le goût. Mais il se dit que la chasteté n'est pas en cause, puisqu'il ne se représente ce sein de femme que pour y plonger en pensée un couteau. (Pas tout de suite d'ailleurs. Rien ne presse.) L'idée du meurtre, à sa façon, purifie tout. Rêver à la chair n'est pas charnel, quand il s'agit de faire souffrir la chair, d'en tirer du sang, peut-être d'y introduire la mort. Le meurtre est assurément une chose affreuse et très coupable. Mais c'est une chose dont on ose parler. Les meurtres sont décrits dans les journaux, et même, quand ils sont historiques, dans les livres de classe.

122 Il appuie la pointe du couteau à peu près à l'endroit où le sein de Mme Yvoy doit se rattacher à la poitrine. La peau se déprime [2] sous la pointe. Ce n'est pas vraiment douloureux. C'est terriblement intéressant.

Le lendemain matin, il se réveille couvert de sueur, tout moite aussi d'un exsudat [3] plus effrayant, qui est fait du suintement de ses pensées criminelles, pensées d'avant le sommeil, venu très tard, et pensées du sommeil. Il se

1. *Chasteté* : absence de relations sexuelles.
2. *Se déprime* : s'enfonce.
3. *Exsudat* : sorte de suintement un peu anormal à la surface de la peau.

rétracte [1] de dégoût, comme un enfant propre qui se réveillerait couvert de ses excréments. Il est triste, fatigué, et surtout ennemi de lui-même. Il a vieilli.

Jusqu'à ce qu'il puisse se décharger de cette souillure [2], il met sa vie comme en suspens. Il imite ceux qui évitent de toucher aux choses, même de s'asseoir, parce qu'ils ont peur de salir, étant sales eux-mêmes des pieds à la tête.

Mais comment se nettoyer? À qui raconter qu'on a eu de telles pensées pendant des heures?

Sa mère le regarderait avec épouvante, comme si, dans la nuit, un romanichel était venu, et lui avait changé son enfant. M. Clanricard, debout dans la rue, l'écouterait en tournant la tête d'un autre côté, ferait semblant de ne pas le croire, ou de ne pas le prendre au sérieux, affecterait de rire, lui donnerait une tape. Et puis ce n'est pas quand on est au coin d'une rue qu'on trouve le courage qu'il faut, et aussi les premiers mots, le ton de voix, pour commencer une confidence pareille.

En reprenant son mouchoir sous l'oreiller, Louis rencontre le couteau. La lame en est refermée. Mais il semble, tel quel, une confidence à faire pâlir. Pis que cela : une pièce à conviction [3].

Louis le dissimule sous les vêtements qui recouvrent la chaise, près du lit. Tout à l'heure, il s'arrangera pour le reporter dans le tiroir de la cuisine, sans être vu.

---

1. *Il se rétracte* : il se contracte.
2. *Souillure* : tache, salissure physique ou morale qui dégrade celui qui en est victime.
3. *Pièce à conviction* : preuve matérielle d'un délit ou d'un crime.

11. L'abbé Jeanne

Le bedeau [1] finit par joindre l'abbé Jeanne du côté de la chapelle de la Vierge, et lui dit :

– Je vous cours après depuis au moins dix minutes. Il y a un gamin qui demande à vous parler.

– Où est-il ?

– Venez par ici. Tenez, là-bas, derrière le banc d'œuvre [2].

L'abbé Jeanne reconnut de loin un de ses élèves du catéchisme de première année, qui dès le second semestre de l'an dernier avait assisté à quelques leçons préparatoires. Mais l'abbé avait une mauvaise mémoire des noms propres. « Je sais pourtant très bien qui c'est. Il fréquente l'école de la rue Sainte-Isaure. J'ai vu une ou deux fois sa mère qui est une femme très convenable. » À quoi s'ajoutait un signalement plus intérieur : « Intelligent ; fort au-dessus de la moyenne. C'est lui qui m'a posé l'autre jour cette question difficile. Sans malice d'ailleurs. Il ne cherchait pas à m'embarrasser. Je lui crois bon esprit. Il ne semble pourtant pas très pieux. Pas tourmenté non plus, au moins de ce côté. Ce qui m'étonne presque, avec ce visage pensif qu'il a. Il se peut que la famille, sans être hostile, l'ait tenu en dehors de l'atmosphère chrétienne. Il ne s'est peut-être pas encore aperçu de la religion. Il n'a pas eu le temps. »

---

1. *Bedeau* : employé laïque au service du curé et de son église.
2. *Banc d'œuvre* : places réservées aux administrateurs des biens de la paroisse. Par extension, aux notables.

– Bonsoir, mon enfant. Tu désires me parler? Comment t'appelles-tu déjà?

– Bastide, Louis Bastide. Je suis élève du catéchisme.

– Je sais très bien. Mais je ne me grave pas tout de suite vos noms dans l'esprit.

– Je voudrais me confesser, monsieur l'abbé.

L'abbé Jeanne eut un regard de surprise, hésita, sourit :

– Te confesser? Mais tu penses que c'est bien urgent?

– Oui.

– C'est que... je ne vous ai même pas appris encore comment on doit se confesser.

L'abbé n'était point formaliste [1]. Mais il n'eût pas voulu favoriser chez un enfant l'idée que les sacrements [2] sont un jeu comme un autre. Le respect des formes aide au respect des choses mêmes.

Cependant il examinait ce jeune visage. L'expression en était plus que sérieuse. Il y avait dans les yeux quelque chose de hagard [3], d'éperdu [4]. L'abbé était peu enclin [5] à croire qu'un péché d'enfant pût être d'une extrême gravité. Mais une détresse d'enfant lui donnait plus

1. *Formaliste* : scrupuleusement respectueux des usages.
2. *Sacrements* : rites de l'Église catholique, qui marquent la présence de Dieu chez les fidèles. On compte sept sacrements majeurs : le baptême, l'eucharistie, la confession, la confirmation, l'ordination, le mariage, l'extrême-onction.
3. *Hagard* : qui a une expression égarée, farouche.
4. *Éperdu* : troublé par une émotion violente.
5. *Peu enclin* : peu disposé.

d'inquiétude. Il tenait pour une vérité de principe [1] – comme Jallez [2] – que l'âme n'a pas d'âge. Le fait d'avoir peu vécu empêche sans doute le plus souvent qu'elle n'arrive, du côté du mal, à de profondes noirceurs; mais ne la préserve nullement des excès de la souffrance morale; bien au contraire. Sa fraîcheur ne la rend que plus vulnérable. Son manque d'expérience la laisse désarmée contre certains fantômes de l'imagination.

– Mon enfant, dit-il, nous allons faire comme ceci, si tu veux bien. Nous nous assoirons dans un coin tranquille. Tu me diras ce que tu as sur le cœur. Et nous verrons… Nous verrons si cela vaut la peine d'une confession en règle.

Dans des circonstances analogues, il avait déjà eu recours à cet expédient [3]. Il y apercevait divers

avantages; l'un psychologique, qui était de dramatiser le moins possible la situation aux yeux de l'intéressé; l'autre, religieux, qui était de ne pas faire dépendre d'un caprice le premier contact d'une jeune âme avec le sacrement de la pénitence [4].

Comme il voyait que son offre était reçue avec une trace d'inquiétude, il ajouta :

– Bien entendu, je te garantis de ma part le même secret qu'au confessionnal [5].

---

1. *Vérité de principe* : axiome, vérité absolue.
2. *Jallez* : un des personnages principaux des *Hommes de bonne volonté*.
3. *Expédient* : solution improvisée d'une difficulté.
4. *Le sacrement de la pénitence* : la confession (voir note 2, p. 125).
5. *Confessionnal* : isoloir dans lequel le prêtre entend en secret la confession des fidèles.

Ils gagnèrent l'autre bas-côté [1], s'arrêtèrent à l'endroit où avaient lieu, certains soirs, les répétitions du catéchisme ; et s'installèrent sur deux chaises que l'abbé tourna l'une en face de l'autre.

– Je t'écoute. Nous avons tout le temps. Ne te presse pas.

L'abbé, le bras gauche replié sur la poitrine, et le coude droit prenant appui sur le poing gauche à demi fermé, mit son visage dans sa main droite pour ne pas gêner l'enfant par son regard.

Louis lui expliqua d'abord le malheur arrivé aux siens ; comment son père avait été renvoyé de son emploi, bien qu'il fût honnête et travailleur, et qu'il eût une belle écriture. On l'aurait peut-être repris, mais il avait refusé de faire des excuses. Louis conta aussi la perte du sac. Sa maman était bien allée chez le commissaire. Mais personne naturellement n'avait rien rapporté. Quelqu'un avait gardé le sac, et les cinquante francs qu'il y avait dedans.

Il parlait bas, par phrases entrecoupées. Il faisait un peu le même effort que s'il avait eu à retrouver les divers points d'une leçon d'histoire, facile à comprendre quand on la lit, mais difficile à répéter sans que tout se mélange et s'obscurcisse.

Il s'arrêtait parfois, guettant un signe d'attention. Le prêtre disait : « Oui, oui », ou « Parfaitement », ou « Et alors ? » sur un ton d'intérêt sincère. Il intercala même deux ou trois réflexions, comme : « Tout cela est bien triste. »

1. *Bas-côté* : nef latérale d'une église.

L'enfant parla ensuite du projet qu'il avait formé d'attendrir M. Yvoy.

– Brave petit ! fit le prêtre.

L'enfant raconta très gauchement sa visite rue de Paradis. Il ne sut à aucun degré dépeindre Mme Yvoy, ni les façons qu'elle avait eues. Mais l'abbé Jeanne n'était pas sans connaître plusieurs variétés de grosses bourgeoises de boutique. Il n'eut pas de peine à imaginer l'orgueil de Mme Yvoy, l'aigreur de ses réponses.

Il entrevit même la corpulence de la dame, et ses bijoux, bien que le petit garçon n'en eût rien dit.

Là-dessus, comme Louis marquait une hésitation plus accentuée que les autres, le prêtre crut devoir l'encourager :

– Cette dame ne s'est pas conduite en très bonne chrétienne. Tu pouvais te sentir le cœur bien gros.

– Oh oui ! dit l'enfant. Mais c'est tout de même affreux ce que j'ai fait. J'ai voulu la tuer.

– Comment, tu as voulu la tuer ?

– Oui, tout hier, et toute la nuit. J'ai pensé tout le temps comme si je la tuais.

– Mais… chez elle, as-tu fait quelque chose… qui répondait à cette pensée ? un geste de violence ? L'as-tu frappée ? Ou as-tu essayé ?

– Non.

– L'as-tu menacée ? As-tu prononcé des paroles grossières ?

– Non, monsieur l'abbé. Je n'ai rien dit.

– En somme, sur le moment, il ne s'est rien passé de répréhensible [1] ?… de ton côté ?

1. *Répréhensible* : qui mérite un blâme ou un châtiment.

– Non, monsieur l'abbé. C'est après.

– Qu'y a-t-il eu, exactement, après ?

– J'ai tout le temps pensé que je tenais un couteau, et que j'allais lui donner un coup... là. – Il montrait un point précis de sa poitrine.

– Mais cela s'est borné à des pensées ? Tu n'en as même parlé à personne ?

– Non.

– Tu n'as pas dit par exemple à des petits camarades : « Je vais tuer cette dame » ?

– Oh ! non.

– Tu as raconté la visite à ta mère ?

– Non, monsieur l'abbé. Elle ne sait rien.

– Vois-tu autre chose que tu aies commis, contre cette dame, en dehors des pensées dont tu me parles ?

– Hier soir, j'ai pris un couteau dans un tiroir de la cuisine. Je l'ai caché sous mon oreiller.

– Tu avais le dessein de t'en servir ?

Louis ne répondit pas.

– Explique-moi bien cela. Est-ce que tu t'étais dit : « Demain, je retournerai rue de Paradis, et avec ce couteau-là, je frapperai cette dame » ?

– Non.

– D'abord, qu'est-ce que c'était comme couteau ?

– Un couteau que papa a acheté un jour à la foire au jambon, et maman s'en sert pour éplucher les pommes de terre.

– Alors, il n'est pas bien long ?

– Comme ça, à peu près, quand la lame est refermée.

– Si tu ne te disais pas : « Je frapperai cette dame, avec ce couteau », que te disais-tu ?

– Je me disais : « Je la frapperai avec un autre couteau. »

– Tu ne savais pas lequel ?

– Oh ! non.

L'abbé Jeanne, pour la première fois, retira son visage de sa main. Il considéra ce meurtrier imaginaire. Le meurtrier avait un tendre visage, ravagé de remords.

Le prêtre lui dit, d'un ton doucement sérieux :

– Évidemment la colère t'a conduit à des pensées très mauvaises. Tu t'en es rendu compte par toi-même. Elles t'ont fait souffrir.

Comme l'enfant répondait « oui » sans beaucoup d'élan, l'abbé reprit :

– Tu as peut-être eu l'impression qu'elles te soulageaient. Mais au total, elles t'ont rendu malheureux. Il n'y a qu'à te regarder maintenant. Tu regrettes de les avoir eues, n'est-ce pas ?

– Oh ! oui.

– Cela doit te servir de leçon. Nous ne pouvons pas empêcher, dans certains cas, que la conduite du prochain [1] nous scandalise. Moi-même, si j'avais assisté à la réception que t'a faite cette dame – en supposant que tu aies bien vu les choses comme elles se sont passées ; et je tends à le croire : tu n'es pas venu t'accuser pour chercher en même temps à t'excuser par de petits mensonges, n'est-ce pas ? – eh bien, j'aurais eu de la peine à penser de cette dame des choses très charitables [2]. Mais il ne faut pas en arriver pour ça à nous mettre dans des états

1. *Prochain* : autrui, dans une perspective religieuse.
2. *Charitables :* bonnes et gentilles.

qui ensuite nous scandalisent nous-même. Tu étais beaucoup plus injuste envers cette dame, en rêvant de la tuer – sans le vouloir bien sérieusement d'ailleurs – qu'elle-même n'avait été injuste envers ton père... Surtout, ajouta-t-il d'un ton peu convaincu, que c'est peut-être une femme qui a peur de contrarier son mari.

Louis accueillait, avec un épanouissement de tout le visage, cette réprimande si modérée.

Il demanda, pourtant :

– Je ne suis pas un criminel ?

– Non, Dieu merci ! Dans certains cas, l'intention suffit pour qu'on soit fortement coupable. Mais chez toi, il ne s'agissait pas d'une véritable intention. Tu as été en proie à une espèce de mauvais rêve, que tu as eu le tort – cela oui – de ne pas chasser immédiatement.

L'abbé se donnait pour règle, quand il avait affaire à une âme déjà saisie par le remords, surtout à une âme jeune, de ne rien dire qui pût accroître en elle, sans précaution, le sentiment de culpabilité. Entre deux qualifications d'une faute il préférait choisir la moins grave, non pas tant par indulgence naturelle que pour ménager le ressort moral. Il était persuadé qu'en général l'âme ne gagne rien à se croire enfoncée dans le mal plus profondément qu'elle n'est. D'où nous viendra le courage de nous rapprocher de Dieu, et du bien si la distance à franchir nous accable l'imagination ? Certes, nombre d'auteurs professent[1] que c'est en montrant au

1. *Professent* : déclarent vigoureusement.

pécheur l'abîme de son péché, en le plongeant plus bas qu'il n'y parviendrait lui-même dans l'humiliation et l'horreur de soi, qu'on excite en lui un sursaut capable d'opérer le salut [1]. L'abbé Jeanne estimait que cette méthode peut se justifier, quand on l'applique à des natures d'exception, de celles dont on dit qu'elles font les criminels ou les saints. Mais l'abbé Jeanne n'était assez orgueilleux ni pour se sentir personnellement le moindre rapport avec ces natures extrêmes, ni pour se flatter d'en rencontrer souvent. Les natures plus moyennes, et plus nombreuses de beaucoup, auxquelles il était appelé à rendre service, lui semblaient s'accommoder d'une méthode moins héroïque. Le meilleur médecin n'est pas, d'ordinaire, celui qui encourage le malade à se croire perdu.

Louis Bastide interrogea encore :

– Faut-il que je me confesse ?

– As-tu d'autres choses à m'avouer ?

– Non.

– Tu as du repentir [2], n'est-ce pas ?

– Oh oui !

– Je pense bien que Dieu te pardonnera pour cette fois, en attendant ta première confession en règle. Tu diras une prière, celle que tu voudras. Mais sais-tu ce que tu vas faire ? Eh bien, en la disant, tu demanderas au bon Dieu : « Faites qu'il n'arrive rien de fâcheux à Mme Yvoy ni aux siens. Je vous prie pour sa santé. » C'est difficile, ça ? Mais tu n'en auras que plus de mérite.

---

1. *Salut* : fait d'être sauvé du péché.
2. *Repentir* : regret, remords.

Le prêtre ajouta avec bonhomie :

– Je t'autorise à dire en plus : « Faites, mon Dieu, que Mme Yvoy soit meilleure et plus charitable » ; parce qu'enfin c'est encore rendre service à cette dame que de lui souhaiter un cœur plus compatissant [1].

Il regarda de nouveau le visage du petit garçon. La même détresse que tantôt [2] ne s'y lisait plus. Les yeux étaient reconnaissants. Mais ils restaient tristes.

« C'est vrai » pensa le prêtre.

Il dit tout haut :

– Ce n'est pas ça qui arrange la situation de tes parents. Donne-moi leur adresse. 92 bis, rue Duhesme ? Et ton papa travaillait chez ?… Yvoy, v, o, y, anciennement Yvoy et, comment dis-tu ? Kalkbrenner, deux K ? Oui ; deux n ? Et ce billet de cinquante francs, quand ta mère l'a-t-elle perdu ?… Bon. Il était dans son sac. Un sac de quelle couleur ?… En revenant de la place Clichy, me disais-tu ? Je note ces renseignements-là à tout hasard. Il y a, hélas, peu de chances pour que je puisse en tirer parti. Bien entendu, dans ta prière, ajoute que tu demandes au bon Dieu qu'il fasse que ton papa retrouve une place, et ta maman son sac. De mon côté, je ferai une prière pour toi et pour eux.

---

1. *Compatissant* : sensible aux malheurs d'autrui.
2. *Tantôt* : tout à l'heure.

Le même soir, Clanricard écrivit le brouillon de lettre suivante :

« Cher monsieur Rothweil,

« Je me permets de m'adresser à vous, pour vous signaler un cas intéressant. Le père d'un de mes petits élèves de l'an dernier vient de perdre sa place, et la famille se trouve de ce fait dans une situation pénible. J'ai tout lieu de croire que le père est un très brave homme. Il s'appelle Bastide. Il travaillait dans une maison de porcelaines. Il a une cinquantaine d'années, et a élevé trois enfants, dont le dernier, mon ancien élève, reste encore à sa charge. Peut-être verrez-vous dans votre entourage une situation à lui indiquer. Je lui dirai de se présenter à vous, en cas de besoin.

« Veuillez croire, cher monsieur Rothweil, à mes remerciements anticipés [1] pour cette famille intéressante, et à mon bien cordial souvenir. »

En le recopiant, d'une écriture qu'il rendait malgré lui un peu trop moulée, il intercala, après *d'un de mes petits élèves de l'an dernier* : « de mon meilleur, je puis dire, puisqu'il a eu le prix d'excellence » ; plus loin il supprima *dont le dernier, mon ancien élève, reste encore à sa charge.* Il remplaça, pour éviter une répétition, une *situation* par un *emploi*; puis *en cas de besoin* par *si vous l'estimez nécessaire*; enfin *pour cette famille intéressante* (autre répétition) par *pour ce que vous pourrez faire.* Mais il s'aperçut trop tard que *faire* rimait désagréablement avec *nécessaire,* et il recom-

1. *Anticipés* : exprimés d'avance.

mença toute la lettre, en coupant ce membre de phrase.

Après avoir longuement pesé le pour et le contre, il se décida à mettre ce post-scriptum [1] :

« P.-S. – Je crois devoir noter que j'ignore complètement quelles peuvent être les convictions politiques du père Bastide. »

Il alla jeter la lettre au bureau de poste de la rue Clignancourt, non sans éprouver, quand elle glissa dans la boîte, un soulagement de conscience.

1. *Post-scriptum* : expression latine signifiant « écrit après » et qui désigne dans une lettre les quelques mots que l'on rajoute après la signature.

12. Clémence du destin – Fierté de M. Bastide

Au début de la leçon de catéchisme, l'abbé Jeanne dit à Louis Bastide :

– Tu viendras me parler tout à l'heure.

Quand la leçon fut finie, et que les autres élèves se furent dispersés, Louis s'approcha.

L'abbé feignit de chercher un peu :

– Ah ! C'est vrai... Eh bien figure-toi qu'hier soir j'ai eu une surprise. Une dame est venue me trouver ; une femme très simple, pas riche du tout, je crois. Elle m'a dit que depuis quelques jours elle avait une chose sur la conscience. Oui. Elle avait trouvé un sac, avec de l'argent dedans, et se l'était approprié. Mais le remords l'a prise. Elle venait me demander conseil. Je lui ai dit naturellement qu'elle devait rendre le sac. Et j'ai pensé aussitôt à toi, à ta mère. « Comment était ce sac ? ai-je dit. Où l'avez-vous trouvé ? Parce que justement je connais une brave mère de famille, qui vient de perdre son sac, et qui en a beaucoup de peine. » Elle me décrit un sac bleu sombre, me parle des environs de la place Clichy. Tu penses si j'étais heureux. Mais voilà qu'elle me raconte qu'ayant eu peur d'être arrêtée, elle a jeté le sac lui-même en ne gardant que l'argent : un billet de cinquante francs. Était-ce vrai ? Mais que faire ? Je lui ai dit : « Alors donnez l'argent. » Elle me l'a donné. Je l'ai sur moi. J'ai mis le billet dans une enveloppe. Veux-tu te charger de le porter à ta mère, ou as-tu peur de le perdre, et préfères-tu que je le lui fasse parvenir ?

– Oh non, monsieur l'abbé, je veux bien le porter à maman. Je ne le perdrai pas.

– Eh bien, le voici dans son enveloppe. Pour le sac, c'est ennuyeux. Il avait peut-être de la valeur. Enfin, il vaut encore mieux ça.

– Oh ! maman sera bien contente. Merci, monsieur l'abbé.

L'abbé ajouta, en rougissant de la naïveté de sa précaution :

– Ta maman ne reconnaîtra peut-être pas le billet. Car il est très possible que cette femme ait dépensé celui du sac, et ensuite, quand elle a eu du remords, en ait pris un autre chez elle pour me l'apporter.

– Ça sera bien égal à maman, monsieur l'abbé, puisqu'il y a le compte.

– N'est-ce pas ! Quant à ton père, il n'a toujours rien ?

– Non, monsieur l'abbé.

– Dis à ta mère que je m'en suis occupé aussi. Mais je n'ai pas encore de réponse.

L'abbé avait passé une partie de sa nuit à fabriquer son mensonge, et à lui donner une figure décente [1]. Il manquait d'habitude. Mais en la circonstance l'idée de mentir ne le gêna pas beaucoup. C'était d'ailleurs la deuxième fois qu'il mentait en faveur de Louis Bastide.

1. *Une figure décente* : une apparence vraisemblable.

Il avait dû vaincre une autre résistance, plus sérieuse. L'abbé Jeanne était un peu avare. Il lui paraissait très dur de sacrifier cinquante francs. À la vérité, cinquante francs représentaient pour lui une très grosse somme, au moins aussi grande que pour les Bastide. Son salaire de vicaire [1] n'atteignait pas celui d'un ouvrier; et les rentes qui lui venaient d'un petit héritage lui servaient juste à payer son terme [2]. Mais à ces raisons légitimes s'ajoutait une trace de cette avarice instinctive qui est le contraire de l'avidité. Il n'aimait pas l'argent, le désirait encore moins, mais il craignait la dépense, comme il arrive souvent aux « humbles », qui, n'ayant pas l'esprit de conquête, doutent s'ils rattraperont jamais l'équivalent de ce qu'ils laissent partir.

Il se déclarait parfois à lui-même : « Je suis avare. Je ramasse dans une année jusqu'à deux cents francs d'économies. Avec cette somme-là, je pourrais faire combien de charités ! »

Mais si quelque homme de police était venu lui dire : « Vous allez me remettre tout ce que vous avez; un nouveau décret [3] vous dépouille de tout », Jeanne se serait probablement écrié : « Ouf ! Me voilà débarrassé d'un fameux souci. »

– Devine, maman.

– Qu'est-ce que c'est?

---

1. *Vicaire* : Prêtre adjoint du curé d'une paroisse.
2. *Terme* : loyer.
3. *Décret* : loi.

Elle était prête à pâlir. Mais la mine de l'enfant était radieuse. Il tendait une enveloppe.

Quand elle eut découvert le billet, et entendu l'histoire, ses premiers mots furent :

– Le malheur va peut-être se décider à nous quitter. N'est-ce pas, mon petit Louis ? Il me semble qu'il nous revient un peu de chance. C'est à cause de toi qui es si sage. Le bon Dieu cherche à te faire plaisir.

Elle l'embrassa, lui mit sur la joue et les cheveux plusieurs baisers auxquels il se dérobait doucement. Il était gêné par ces excès de tendresse.

– Justement ton père est sorti. Il va rentrer d'un moment à l'autre. Il a trouvé tout à l'heure un mot de M. Clanricard qui le faisait demander… Comme tu lui avais parlé de papa l'autre fois, il se pourrait que ce soit au sujet d'une place… Ce serait trop beau.

Elle soupira :

– Il y a déjà longtemps que nous attendons. Les jours passent si vite. On ne s'en rend pas compte. Ou plutôt si, moi, je m'en rends compte, en voyant comme file l'argent.

Elle regarda le billet.

– Je ne crois pas que ce soit le mien. Le mien était plus froissé, plus pâle, et il me semble qu'il avait des trous d'épingle de ce côté-là. Ça n'a pas d'importance… Dans le premier mouvement cette femme a dû le dépenser, comme le disait l'abbé. Ce n'est que du monde à moitié honnête. Enfin, il ne faut pas se plaindre. Elle aurait pu tout garder… Je suppose qu'elle n'aurait pas mis à la place un billet faux ? D'ailleurs celui-là n'a pas l'air faux, tu trouves bien ?

Louis Bastide fronça les sourcils. Il estimait que l'idée qui traversait la tête de sa mère était non seulement absurde, mais désobligeante pour lui, qui venait d'être le messager d'un bonheur inespéré.

– D'ailleurs, dit-elle, pourquoi est-ce qu'elle aurait fait ça?... C'était bien plus simple qu'elle ne bouge pas... Non. Ce qui m'ennuie davantage c'est mon sac. Il était encore bon. Je crois même que j'y avais laissé un mouchoir tout neuf. Sans parler de mon porte-monnaie de cuir vert.

Louis était choqué de l'injustice de sa mère envers le sort. N'était-ce pas ainsi qu'on décourageait le sort de faire de nouveau quelque chose pour vous?

Mme Bastide en eut conscience. Elle chercha une excuse :

– C'est que, tu comprends, ce n'est pas le moment pour nous d'avoir des objets à racheter... Oh!... je puis bien me passer de porte-monnaie pour quelque temps.

– Mais non, maman, dit Louis avec un peu de vivacité agacée. Je te prêterai le mien, que papa m'avait donné l'an dernier pour ma fête.

Quand M. Bastide rentra, les yeux seulement osèrent l'interroger. Est-ce que lui aussi apportait une bonne nouvelle, la grande bonne nouvelle? Est-ce que le vent avait décidément tourné?

Il mit beaucoup trop de temps pour accrocher son chapeau, pour s'asseoir.

– Oh! M. Clanricard est très gentil. Il a bien fait ce qu'il a pu. Il a écrit à un grand marchand de chaussures de la rue de Dunkerque, qu'il connaît.

L'autre a répondu. Même que M. Clanricard, dit Bastide à sa femme, a voulu malgré tout que j'emporte la lettre pour te la montrer. Tiens, lis-la.

La lettre était ainsi conçue :

« Cher monsieur Clanricard,

«Je n'ai absolument besoin de personne chez moi pour le moment, d'autant plus que les affaires cette année s'annoncent comme très calmes. Pour le reste, à Paris même, je n'ai pas de relations d'affaires avec beaucoup de maisons, vous le savez. Et puis c'est l'âge de votre protégé qui me paraît être le gros obstacle, surtout pour un homme qui n'est nullement spécialisé dans la partie [1]. Mais vous n'ignorez pas que je tiens à vous être personnellement agréable. Je veux donc bien essayer de prendre chez moi votre protégé. Je l'emploierai à remettre les chaussures dans les boîtes, à faire du rangement dans les casiers, à donner un coup de balai en fin de journée, à faire une course à l'occasion. Je lui donnerai cent cinquante francs par mois. Je me rends compte que c'est très peu pour un homme qui a des charges de famille. Mais c'est déjà un trou dans mon budget. Envoyez-le-moi, si cela lui convient. Vous verra-t-on mercredi ?

« Croyez-moi, cher monsieur Clanricard, votre bien amicalement dévoué.

« Léon Rothweil. »

« P.-S. – Merci en principe pour l'indication de votre post-scriptum. Il y a des cas en effet où il serait très légitime de tenir compte de cet élément. »

1. *Dans la partie* : dans ce domaine.

– Eh bien, qu'as-tu répondu à M. Clanricard ?

– Qu'est-ce que tu voulais que je réponde ?

La mère et le fils regardaient le père très anxieusement. Mme Bastide murmura :

– Tu n'as pas accepté ?

– Franchement ! J'ai mon amour-propre. Je n'en suis pas encore à demander la charité dans la rue. D'abord ce monsieur a une façon de proposer ça qui ne me plaît guère. Il a vraiment un peu trop l'air de me jeter ça par pitié, comme un morceau de pain.

– Que veux-tu ! Il n'a besoin de personne. Ça doit être vrai. Il ne pouvait tout de même pas dire qu'il a besoin d'un employé, si ce n'est pas vrai.

– C'est souvent une façon de vous avoir au rabais. Et puis, c'est vexant.

– Il ne le disait pas à toi. Il le disait à M. Clanricard, pour lui expliquer. Il fallait bien.

– Oui, mais ce n'est même pas ça. Tu me vois balayant le magasin, comme un vieux bonhomme que les employés traiteront de haut en bas ? Ou faisant les courses comme un gamin ? À mon âge ! J'aimerais mieux crever de faim, je te jure, ou me jeter sous un omnibus [1].

– Mais, père chéri, dit Mme Bastide, il ne faut pas toujours faire attention à la façon dont on débute. Ce monsieur, à l'usage, verra bien ce que tu vaux. On cause, après. On se fait apprécier… Qu'est-ce que tu as dit finalement à M. Clanricard ?

1. *Omnibus* : autobus.

– Je regrette d'avoir été un peu vif. Oh ! je ne l'ai pas envoyé promener. Je l'ai même bien remercié. Mais je lui ai dit tout de même que son M. Rothweil se moquait de moi. Un sale nom, Rothweil. Encore un Prussien, ou un Juif ; ou les deux. Je te dirai aussi que je n'ai pas beaucoup aimé le post-scriptum. Qu'est-ce que ça veut dire ? C'est louche, cette histoire-là !

– Qu'est-ce que tu vas chercher !

– Mais non. C'est bien connu que dans les lettres de recommandation on glisse parfois quelque chose qui n'a l'air de rien, pour que l'intéressé [1] ne comprenne pas.

– M. Clanricard qui est si gentil ! Il ne se serait pas occupé de toi, s'il n'avait pas voulu réellement te rendre service… Il n'a pas eu l'air trop fâché au moins ?

– Il m'a dit : « Je me mets bien dans votre cas. » Il était si peu fâché, qu'il m'a dit : « Emportez la lettre. Montrez-la chez vous. »

– Il espérait que nous te ferions changer d'avis… Qu'est-ce qui t'empêcherait, une fois là, de chercher une autre place ? En attendant, nous ne mangerions pas nos économies.

M. Bastide resta silencieux, le visage contracté. Puis il se leva :

– Je vais aller voir un monsieur de la Compagnie des Eaux, qui doit être rentré chez lui à cette heure-ci.

1. *L'intéressé* : la personne concernée.

Sans doute voulait-il surtout échapper à la pression muette des siens.

Quand il fut dehors, Louis regarda sa mère. Elle semblait fort triste. La joie des cinquante francs retrouvés était partie. Pourtant elle y repensa :

– Tiens ! Je n'ai même pas parlé à ton père du billet. J'étais si préoccupée. Ça lui aurait fait plaisir.

Puis elle ajouta :

– On ne peut pas en vouloir à ton père d'avoir sa fierté. Quand on a eu la situation qu'il avait, se voir offrir un emploi d'homme de peine ! S'il n'avait pas été fier, tu ne serais pas élevé comme tu l'es… Ce que je regrette, c'est qu'il soit si vif. Ça oui… Et au lieu que son histoire l'ait calmé, on dirait plutôt qu'il s'aigrit. Pourvu que M. Clanricard n'ait pas été trop vexé !

13. Louis décide de gagner sa vie

Louis est debout, sur le trottoir de la rue Ramey, à deux pas de la terrasse du café qui fait le coin de la rue Custine. À travers la vitre du paravent de fer, il observe une écaillère [1] entourée de ses paniers d'huîtres. Il n'obéit pas à une curiosité de badaud [2]. Il a l'esprit tendu, le cœur agité.

M. Bastide persistant à ne pas trouver un travail qui lui convienne, Louis a pris une résolution. Depuis plusieurs jours, il s'est juré qu'il gagnerait sa vie. Il n'a pas la sottise de se croire capable de gagner celle de ses parents. Mais il ne veut plus rien leur coûter. Il ne veut plus être pour rien dans le tarissement [3] des économies. Il ne sait pas au juste en quoi elles consistent, ni le volume qu'elles font. Il se les représente comme une petite citerne [4] d'eau précieuse, en haut d'une maison tout entourée par des sables arides [5]. On ose à peine se désaltérer, à peine se laver. Chaque pot d'eau que l'on tire vous rend anxieux. On se demande : « Combien en reste-t-il là-haut ? Combien la provision durera-t-elle encore ? »

1. *Écaillère* : personne qui vend et ouvre des huîtres.
2. *Badaud* : promeneur peu pressé et curieux du spectacle de la rue.
3. *Tarissement* : épuisement.
4. *Citerne* : réservoir.
5. *Arides* : secs, désertiques.

S'il ne peut pas gagner la vie de ses parents, il est persuadé qu'il peut gagner la sienne, à lui. Il a fait des calculs. Il connaît le prix des choses; non de toutes, bien sûr, mais des principales. Au besoin, il procède par supposition et comparaison. Ses méditations sur le riz, qu'il avait commencées par jeu, se sont dans la suite révélées très utiles. Elles lui ont fourni des points de repère. En outre il a questionné sa maman avec adresse.

Il estime qu'à condition d'être modéré, de ne jamais reprendre deux fois d'un plat à table, de dire : « Merci je n'ai plus faim », en face d'un fromage ou d'un fruit qu'on aime – alors qu'en réalité on a encore un peu faim – à condition aussi de ne pas trop jouer dans la cour de l'école, pour épargner les chaussures, de surveiller ces mille gestes nerveux qu'on fait sans y penser, quand on est assis, et qui usent les vêtements, il arrivera à ne coûter chaque jour à ses parents que dix-neuf sous. Zéro franc quatre-vingt-quinze. Lui-même ne retrouverait que difficilement tous les calculs qu'il a faits pour aboutir à ce chiffre. Mais maintenant il l'a adopté. C'est un point acquis.

Il s'agit donc de se procurer dix-neuf sous chaque jour, par son travail. Ce qui complique l'affaire, c'est que Louis continuera de fréquenter l'école. Ce qui la complique encore davantage, c'est qu'il veut que ses parents, au moins au début, ne soient informés de rien. Il mettra ses gains de côté. Il aura lui aussi sa petite citerne, très petite. Où? Il ne le sait pas encore. Un jour il dira à sa mère : « Voici tant d'argent. C'est ce que je t'ai coûté depuis tant de jours.» Il aura fait le compte sur un bout de papier.

Il y a aussi la question du dimanche. Découvrira-t-il un métier qui sera praticable même le dimanche, à l'insu [1] de ses parents? Ou faudra-t-il demander aux autres jours de la semaine de se répartir les dix-neuf sous dont le dimanche ne pourra pas se charger? Quel supplément d'effort! Il s'accorde un délai pour résoudre la question.

La classe finit à quatre heures. Ce n'est donc qu'après quatre heures qu'il pourra faire son métier, encore inconnu. Mais sa mère s'étonnera s'il rentre plus tard que quatre heures et demie, le grondera même. Il faut absolument inventer une excuse.

Il l'a trouvée. Beaucoup de ses camarades après la classe restent à la garderie jusqu'à six heures. Les parents sont tenus de le demander par lettre, ou de se présenter pour faire inscrire leurs enfants. Mais Mme Bastide n'est pas forcée de le savoir.

Avant-hier, il lui a dit, d'un ton d'honnêteté insoupçonnable : «Si tu veux, maman, à partir de lundi, je vais rester à la garderie. Ici, je commence à avoir froid pour faire mes devoirs, surtout aux pieds. Et il vaut mieux que tu ne sois pas obligée d'allumer trop tôt la cheminée prussienne [2]. Toi, maman, tu te réchauffes en allant à la cuisine. Je t'assure que je serai mieux.»

1. *À l'insu* : en cachette.
2. *Cheminée prussienne* : sorte de cheminée en tôle, qui s'adapte à une cheminée ordinaire et se termine par une espèce de tuyau de poêle caché dans le conduit de la cheminée.

(En réalité, il fera ses devoirs après dîner, et il apprendra ses leçons le matin, sous prétexte de les repasser [1], quitte à se lever plus tôt.)

Mme Bastide a jugé que son fils était devenu bien douillet. La saison n'était pas si avancée. Mais elle s'est dit : « Il trouve peut-être la maison trop triste, maintenant. C'est vrai que je suis amenée à lui reparler de la même chose. Et il n'a plus le goût de travailler. Pour lui, ce sera plus gai, là-bas. » Elle s'efforçait de ne pas penser : « Pour moi, ici, ce sera encore un peu plus triste. »

Ces jours derniers, Louis a profité de toutes les occasions qu'il avait de sortir pour mener son enquête. Il s'est déjà arrêté sur bien des trottoirs. Il a failli entrer dans plusieurs boutiques. Il a regardé faire les marchands de marrons, les marchands de frites; les marchands de crayons et lacets qui errent de carrefour en carrefour; les bouquetières installées sous les portes comme à l'entrée d'un gouffre de courant d'air et d'ombre; les marchands de bretelles, jarretelles, bas et chaussettes, dont l'éventaire [2] se blottit entre deux étalages bien carrés de vrais commerçants. Il a observé les mouvements intérieurs des épiceries, des merceries-papeteries : « À quel moment, pour atteindre tel objet sur un rayon élevé, pour faire porter tel paquet en ville, auraient-ils été contents d'avoir sous la main un garçon comme moi? » Il se l'est demandé pour le mar-

1. *Repasser* : réviser.
2. *Éventaire* : étalage.

chand de corsets et bandages, pour le marchand de cannes et parapluies. Il s'est interrogé surtout quant aux deux grands partis qu'il pouvait prendre : essayer une affaire à son compte, en achetant pour revendre ensuite; ou offrir ses services à quelqu'un. Le premier parti aurait flatté davantage son imagination. Mais où trouver l'argent? Et puis Louis sait qu'il manque d'audace. Il ne se voit pas accrochant les passants, leur mettant de force dans la main un taille-crayon ou un paquet d'enveloppes. Il se voit très bien au contraire pleurant à chaudes larmes, avec tous ses taille-crayon, dont personne n'aurait voulu, ou ses paquets d'enveloppes, détrempés par la pluie.

Ses hésitations touchent à leur terme. Il se décidera aujourd'hui entre cette écaillère de la rue Ramey, qu'il est venu observer pour la troisième fois, et une bouquetière de la rue Muller. L'autre soir, comme il passait ici vers sept heures, en allant faire une commission pour sa mère, il a constaté que certains clients demandent qu'on leur porte les huîtres à domicile. Il a entendu la marchande leur répondre d'un air excédé : «Je n'ai personne… Vous attendrez. Quand le plongeur du café aura un instant de libre, je l'enverrai chez vous.» C'est une grosse femme, criarde, mais qui a le visage ouvert, et qui rit souvent. La terrasse est bien éclairée, un peu trop même, pour qui ne veut pas attirer l'attention. L'odeur des huîtres n'est pas déplaisante, bien que l'idée de les manger répugne un peu. Les menus gestes professionnels et incidents de ce commerce ont leur charme.

Voici justement que la marchande remarque ce petit garçon, arrêté depuis plusieurs minutes, qui la contemple, elle et ses huîtres. Elle l'interpelle :

– Qu'est-ce que tu fais là, mon petit bonhomme ? C'est-y que tu as envie de manger une huître ? Allons, viens.

– Oh, non madame, merci.

– Manges-en une tout de même.

– Je n'en ai jamais goûté, madame. Je crois que je n'aimerais pas.

– Alors, qu'est-ce qui t'intéresse tant que ça ?

– Voilà, madame. J'ai besoin de travailler. C'est-à-dire un peu, le soir, entre quatre heures et six heures par exemple. Alors, je m'étais dit que je pourrais peut-être vous porter vos huîtres dans le quartier, quand il y a des gens qui vous le demandent.

Elle dévisage ce petit. Il a un tablier noir, très propre ; un cou et des mains bien lavés. Une gentille figure sérieuse, même triste. De beaux yeux honnêtes. Son béret, sa ceinture, ses chaussures, tout est « comme il faut ».

La marchande d'huîtres est soudain très émue. Elle entrevoit quelque drame de famille. Le petit a parlé d'une voix contenue, tremblante, en faisant un grand effort. La marchande imagine un père mort subitement, ou qui s'est enfui ; un ménage, bien convenable jusque-là, qui vient de se briser ; et ce pauvre enfant, qui a neuf ou dix ans tout au plus, obligé de chercher du travail pour apporter un morceau de pain, qui sait ? à des frères et sœurs plus jeunes.

Elle se sent toute « retournée ».

– Mon pauvre petit. Pour sûr que je ne demanderais pas mieux que de te faire travailler. Mais tu me dis qu'il faudrait que ce soit entre quatre et six ?

– Oui, madame.

– Ça ne pourrait pas être plutôt de six à sept et demie ?

– Non, madame.

Elle n'ose pas l'interroger davantage. Lui-même est si discret dans sa façon de solliciter.

– Tu ne peux pas croire comme ça m'ennuie. Mais les gens qui me commandent des huîtres à ouvrir, c'est pour les avoir juste au moment du dîner, tu comprends ? Si je les leur envoyais une heure ou deux en avance, ils se fâcheraient. Et puis c'est rare qu'ils me les commandent si d'avance que ça. Ceux qui m'en achètent entre quatre et six, c'est qu'ils les emportent eux-mêmes.

Elle se tâte pour lui offrir une pièce de vingt sous. Mais elle a peur de l'offenser. Que n'est-elle pâtissière ! Elle lui ferait un paquet de gâteaux.

– En tout cas, si tu ne trouves rien, viens me revoir. C'est-y dommage que tu n'aimes pas les huîtres !

Louis Bastide salue bien poliment et s'éloigne. Il n'avait pas pensé à cette question des heures. On a beau observer les choses très attentivement, il y a toujours un détail qui vous échappe ; le plus important parfois.

Il se décidera donc pour la bouquetière. C'est une femme moins avenante [1], qui a un peu cet air

1. *Moins avenante* : d'apparence moins sympathique, moins accueillante.

trop constamment soucieux de Mme Bastide (indice d'un caractère délicat à manier, sinon difficile). La porte cochère [1] sous laquelle elle se tient est loin d'être gaie comme la terrasse de la rue Ramey. Elle est plus retirée, en revanche. On risque moins d'y être aperçu par un camarade de classe, par un maître, par des gens de votre maison.

Pourvu que la bouquetière ne l'envoie pas promener ! Il semble peu probable que les bouquets, comme les huîtres, ne se livrent qu'à l'heure des repas. Mais c'est une grande vérité de dire, comme le répètent les gens, qu'« on ne sait les choses qu'après ».

1. *Porte cochère* : double porte d'entrée d'un immeuble permettant le passage des voitures.

14. Les petits sacs sous la pèlerine

La bouquetière de la rue Muller, Mme Régille, était bien une femme à l'humeur incommode. Elle était hantée par deux tourments principaux : l'idée de manquer les occasions avantageuses; l'idée d'être dupée par les gens à qui elle avait affaire.

Quand Louis Bastide vint lui offrir ses services, le premier mouvement de la dame fut de hausser les épaules. Ensuite, elle réfléchit que ce gamin était bien assez grand pour porter des fleurs; qu'il ne lui coûterait rien, et s'estimerait plus que payé par les menus pourboires. La fille de Mme Régille, âgée de dix-sept ans à peine, l'avait quittée peu de temps auparavant pour «faire la grue [1]». C'était elle qui portait les bouquets à domicile; et c'était un client qui l'avait débauchée[2]. Depuis son départ, Mme Régille, plutôt que de salarier une aide, avait renoncé aux livraisons.

Mais tout le zèle de Louis Bastide ne le mit pas à l'abri des soupçons de la dame. Au bout de deux jours, il avait l'air si heureux qu'elle trouva que ce n'était pas naturel. Il devait recevoir plus de pourboires qu'il n'en avouait; et c'était déjà vexant. Mais elle forma d'autres hypothèses : il s'arrangeait pour enlever quelques fleurs à chaque bouquet, et quand il en avait rassemblé un certain nombre, les reven-

1. *Faire la grue* : se prostituer.
2. *Débauchée* : incitée à mener une vie immorale.

dait à son profit. Enfin, tout en se prétendant autorisé par ses parents à faire ce petit métier deux heures chaque soir, il n'avait pas voulu donner leur adresse. Mme Régille imaginait une opération de chantage : un père surgissant, simulant la fureur : «Vous faites travailler mon enfant! Vous n'avez pas le droit! Je vais me plaindre à la police.»

Aussi, le troisième jour, déclara-t-elle brusquement à Louis, en secouant la tête avec une sombre énergie, comme quelqu'un «qui voit clair», et à qui «on ne le fera pas plus longtemps» : «Ça suffit. Je n'ai plus besoin de toi.» Elle faillit ajouter : «Je vais te régler.» Mais elle s'avisa que la phrase était de trop.

Louis, à qui ses deux premiers jours de travail avaient rapporté deux francs quinze, et qui priait Dieu pour que tant de chance pût durer, eut besoin de tout son courage pour ne pas éclater en sanglots. Mais il était fier. Se rappelant l'exemple de son père, il refusa de s'humilier devant un patron injuste, et se retira sans même demander d'explications.

«J'avais mal jugé papa, se dit-il. Je pensais qu'il aurait dû s'arranger pour se faire garder. Je vois bien que dans certains cas ce n'est pas possible. Et c'est vrai qu'il vaudrait mieux mourir de faim.»

Heureusement, en ces deux jours, il avait noué de bonnes relations avec la concierge d'une maison toute voisine, qui avait remarqué ce gamin passant et repassant avec des fleurs dans les bras, et l'avait interrogé sur la raison de ses allées et venues.

Cette concierge, Mme Chapitre, possédait une vocation commerciale que la vie avait contrariée.

Comme d'autres font de la poésie ou de la peinture, elle faisait du négoce pendant les heures qu'elle pouvait dérober à sa profession ; et comme tous les vrais amateurs, elle y cherchait moins le gain que le plaisir.

Pour le moment, elle s'occupait de vente de café. Par l'entremise d'un locataire, elle se procurait du café vert en sacs de cinquante kilos. M. Chapitre, employé d'omnibus [1], le torréfiait [2] une fois par semaine dans la cour de l'immeuble, où montait ce jour-là un véritable parfum d'Arabie. Il ne restait plus qu'à répartir le café en sacs d'un quart de livre et d'une demi-livre qu'on distribuait à la clientèle.

Cette clientèle était faite, en premier lieu, d'une moitié environ des gens de la maison : ceux qui avaient trouvé la fumée dans la cour particulièrement appétissante, ou ceux qui étaient lâches. D'ailleurs Mme Chapitre vendait son café un sou de moins le quart que la qualité moyenne de chez Fournereau, célébrité montmartroise. « Et, pour ce qui est de la qualité, Fournereau peut toujours venir. » Les gens admettaient aisément qu'une concierge fût mieux placée qu'un gros boutiquier pour donner du bon à bon compte. « Elle n'a aucuns frais : pas de loyer, pas de patente [3], pas de personnel. »

1. *Omnibus* : voir note 1, p. 142.
2. *Torréfier* : griller, rôtir les grains de café, pour les rendre propres à la consommation.
3. *Patente* : impôt que doivent acquitter les commerçants.

Aussi, en dehors des gens de la maison, le voisinage immédiat commençait-il à se ravitailler chez Mme Chapitre.

Quand elle avait su que Louis Bastide portait les bouquets de Mme Régille, elle s'était dit soudain : « Tiens ! voilà ce qu'il me faudrait. Si je pouvais faire livrer à domicile mes quarts et mes demi-livres, j'aurais sûrement des clientes en plus. Ce n'est pas que ça soit lourd. Mais il y en a qui sont si gâtées, si feignantes. »

Le soir de son congédiement, Louis Bastide passa devant les fenêtres de Mme Chapitre, la chercha des yeux, se laissa volontiers interpeller. (Ce n'était point dans sa manière ; mais il avait tant de peine, et si peu de confidents possibles.) Il conta ce qui lui arrivait.

– Je ne comprends pas ce que j'ai pu faire.

– Tu n'as rien fait du tout. C'est une sale bonne femme. Elle m'a acheté une fois un quart de café. Elle m'a dit qu'il lui avait donné des aigreurs et des crampes. Elle n'avait peut-être bu que de la chicorée de toute sa vie.

Louis Bastide entra donc au service de Mme Chapitre.

– Je ne veux pas te tromper. Le café, ce n'est pas comme les fleurs. Tu ne pourras guère compter sur les pourboires. Un sou ou deux de temps en temps, c'est possible. D'un autre côté, je marche tellement ricrac, pour rester au-dessous de Fournereau, que si je te donnais même un sou par paquet, tu me mangerais tout mon bénéfice.

Elle réfléchit :

– Combien est-ce que tu auras de livraisons à faire au début? Pas lourd! Cinq, six, par soir peut-être. Comment nous arranger?

Elle réfléchit encore :

– C'est vrai que pour moi c'est une espèce de publicité. Voilà : je te donnerai dix sous par jour… Tant pis. On verra. Et même, si ça rend, je t'augmenterai. Si peu que tu aies de pourboires en plus…

C'est ainsi que de quatre heures et demie à six heures et demie (sauf le mardi où il n'arrive qu'après cinq heures à cause du catéchisme), dans la nuit presque toujours pluvieuse, mais imprégnée par les lumières, Louis Bastide porte sous sa pèlerine de petits sacs de café.

Il n'en porte généralement qu'un ou deux à la fois. Les commandes ne sont pas très nombreuses, et les clients habitent tout près. Mme Chapitre préfère que le petit revienne plus souvent, et n'ait pas les bras trop chargés. Un sac échappe si facilement; le papier crève; les grains se répandent sur le trottoir ou sur une marche d'escalier; c'est du propre. Et puis la concierge se méfie d'un espionnage éventuel de Fournereau. « Un gamin qui porte un quart de café ou deux; rien à dire. Surtout avec la pèlerine, ça ne se remarque même pas. Mais des sacs plein les bras, ce serait autre chose. »

Louis fait sa besogne du mieux qu'il peut. S'il lui arrive de flâner un instant, c'est au retour d'une course, quand il n'est plus responsable d'aucun paquet. Il est vrai que certaines clientes ont pris l'habitude de lui remettre le prix de la livraison. Ce qui le flatte, mais le rend anxieux. D'ordinaire, en ce cas, il tient l'argent serré dans sa main droite, et sa main enfouie dans la poche de sa pèlerine.

Quand il sonne ou frappe à une porte, il a toujours des battements de cœur. Il craint parfois de s'être trompé d'étage. Il craint, de façon plus générale, l'inconnu que recèle tout événement. Et puis c'est une heure de la journée où l'intérieur des maisons, les cages d'escaliers, vous émeuvent. La lumière du gaz [1] qui rôde et ondoie d'un palier à l'autre. Les logements, où les gens commencent d'être revenus. Les portes, plus prêtes à s'entrebâiller au bruit de votre passage. Une tête paraît, puis le battant se referme. Des voix. Des voix du soir. Des voix rassemblées par la lampe.

Après qu'il a sonné, il écoute. Le bruit de l'intérieur, quand il y a du bruit, change, on s'arrête. Louis entend approcher un pas. Ou bien quelqu'un crie : « Va ouvrir », et c'est encore un pas qu'il entend, mais plus rapide, parfois un pas de course, qui est celui d'un enfant. Mais c'est le plus souvent une dame, qui ouvre la porte. Louis a pris l'habitude de dire, d'une voix polie et sans éclat : « Voici, madame », en tirant le sac de dessous sa pèlerine. Il a l'air d'offrir un cadeau pour une fête ou un anniversaire. Les clientes ne savent pas s'expliquer cette impression, mais elles l'éprouvent; et elles n'ont jamais eu tant d'agrément à prendre des mains de quelqu'un un petit sac de café.

---

1. *Lumière du gaz* : lumière venant des appliques à gaz des paliers d'immeubles.

De temps en temps, Louis reçoit un léger pourboire : deux sous, ou bien un sou qu'on ajoute au paiement de la livraison. Mais l'effet qu'aurait sa gentillesse est combattu sur ce point par des idées bien puissantes, dont la première est que si l'on achète son café chez Mme Chapitre, concierge, c'est expressément pour le payer un sou de moins que chez Fournereau. Donner un sou de pourboire, c'est supprimer tout l'intérêt de l'affaire. Comme si un coureur cycliste s'amusait à perdre, en s'asseyant au bord de la route, le temps qu'il a gagné sur un piéton. L'avarice intervient donc ici beaucoup moins qu'une sorte de bonne conscience sportive et d'éloignement pour les actions incohérentes.

Louis n'a jamais pu atteindre au-delà de six sous de pourboire dans une soirée. Et il lui arrive de faire quinze livraisons. Trois bouquets de Mme Régille lui rapportaient autant. Il en est ennuyé, parce que le chiffre de ses gains est bien inférieur à celui qu'il s'était fixé. Sans compter le chômage du dimanche. Mme Chapitre ne veut pas qu'on livre ce jour-là, même le matin, comme le petit garçon l'avait proposé (et comme il fait déjà le jeudi). Elle préfère qu'il se bouscule un peu plus le samedi soir. Elle veut économiser dix sous.

Tout en paraissant contente de ses services, elle ne parle pas de l'augmenter. Mais le troisième samedi, elle lui a remis, comme il partait, un quart de café, en lui disant : « Tiens ! Ce sera pour chez toi. » Elle est persuadée que les parents du petit savent qu'il s'emploie chez elle ; et comme elle ne lui fait rien faire que d'honorable, elle n'a pas d'inquiétude de ce côté-là.

Mais ce quart de café a bien embarrassé Louis. Déjà il avait eu avec sa mère quelques conversations difficiles. Elle trouvait que cette garderie le faisait vraiment rentrer très tard; que la maison maintenant était bien triste; et comme elle voyait le petit travailler encore à ses devoirs après le dîner, et repasser ses leçons de grand matin, il ne lui fallait qu'un peu de bon sens pour conclure que les heures de garderie devaient se passer surtout à bavarder ou à rire. «J'irai un jour en parler à ton maître», disait-elle. Et Louis, en entendant cela, avait éprouvé des affres [1] comparables à celles de Quinette [2] lors de ses entrevues avec l'inspecteur.

Une fois, en brossant la pèlerine de Louis, elle s'était écriée : «Mais qu'est-ce que ta pèlerine a donc à sentir le café comme ça? C'est extraordinaire!» Et

elle reniflait, puis brossait, puis reniflait, puis brossait et secouait encore. Louis était accablé. Il comprenait maintenant que cette trahison par l'odeur était inévitable. On ne porte pas impunément chaque soir, sous une pèlerine qui enferme l'air, douze ou quinze quarts de café, torréfiés de frais par M. Chapitre employé d'omnibus. «Eh bien! Tu ne réponds pas?» Il ne cherchait même pas de réponse. Mais il lui en vint une, comme dictée par l'inspiration : «Maman, je me suis arrêté longtemps devant

1. *Affres* : angoisses.
2. *Quinette* : important personnage des *Hommes de bonne volonté*. Relieur à Vaugirard, il a tué un homme. La police n'a pas découvert son crime, mais le meurtrier a engagé avec elle de singulières relations, mélange de fascination, d'audace et de peur.

un épicier qui grillait son café. – C'est une drôle d'idée.» Mais elle se contenta de l'explication. L'odeur de café, en dépit de son nom, n'est pas de nature à donner des soupçons graves, car elle ne ressemble point à celle dont les vêtements s'imprègnent dans les établissements appelés cafés, et qui procède surtout de la vieille pipe et de l'eau-de-vie.

Comment présenter le cadeau de la concierge? Pourtant Louis était si heureux d'apporter cette première contribution à l'entretien de la famille! (Ses gains restaient encore un secret.)

Il a posé bravement le sac sur la table. Il a dit :

– Maman, devine.

– Quoi! C'est du café. On t'a donné ça?

– Oui.

– Mais qui ça? Un épicier?

– Oui.

– Peut-être celui que tu avais regardé griller son café l'autre jour?

– Oui.

– Et pourquoi t'a-t-il donné ça?... Tu as peut-être son fils comme camarade?

– Oui, maman.

Les oui du petit garçon étaient moins des oui prononcés que des hochements de tête, qu'il rendait pleins de coquetterie et de câlinerie. Lui qui avait toujours menti le moins possible, et qui en tout cas s'était représenté le mensonge comme une opération compliquée où il faut se dépenser beaucoup, découvrait maintenant une forme passive, paresseuse, presque charmante du mensonge, qu'on pourrait appeler le mensonge de fillette.

Louis est également obligé de prendre des précautions pour dissimuler l'argent de ses gains. Les quelques sous de pourboire qu'il reçoit les jours ordinaires, il les enveloppe d'un bout de papier (les sacs déchirés ne manquent pas chez Mme Chapitre) et les met dans sa poche de culotte. Rentré à la maison, il attend un moment favorable pour les joindre au trésor. Il a fait de même avec sa paye du samedi, qui est de trois francs.

Le trésor, ou plutôt son coffre, est une ancienne boîte à jouets, qui a contenu jadis de petits animaux de bois, et qui ferme par un couvercle coulissant. Louis range, au fond, les pièces d'argent et les sous. Il les recouvre d'un tampon de papier bleu et ensuite d'une couche de dominos dépareillés, qu'il a retrouvés. La boîte est rangée derrière d'autres jouets, au bas du placard à vêtements. Mme Bastide ne fouille jamais dans ce coin-là.

La pensée du trésor qui grossit, très lentement, (pour atteindre dix francs, il a fallu deux semaines et un jour) donne à Louis le fond de son courage, nourrit sa constance. Mais s'il est indispensable d'avoir un but, et un but élevé, pour s'astreindre soi-même à un effort qui parfois est grand (car l'on doit oublier la pluie qui tombe, le froid qu'on aura aux pieds, les amusements dont on se prive, le travail scolaire surtout, qui vous attend à des heures où naguère l'on aimait tant dormir) le but ne suffirait peut-être pas. L'âme est ainsi faite qu'elle a besoin d'une raison de vivre à chaque minute; et aussi que pour elle le but le plus passionnant l'est encore moins qu'un rêve inutile.

Louis a donc transfiguré son petit métier du soir en un rêve.

Il y a une guerre que l'on soutient ; un siège, qui dure depuis longtemps, contre un ennemi qui guette la moindre défaillance. Il y a, répartis alentour, des postes, des bastions, des abris fortifiés, situés à des hauteurs plus ou moins grandes. Toutes ces positions sont occupées par de petits groupes de soldats qui par leur tir tiennent l'ennemi en respect. Ce qu'il ne faut à aucun prix, c'est que le tir s'arrête. Car les ennemis feraient aussitôt un bond en avant, monteraient aux murailles, qui sait ? Pour que le tir ne s'arrête pas, il faut que les munitions ne viennent jamais à manquer.

C'est Louis Bastide qui est chargé du ravitaillement de tous ces postes. Il ne cesse de courir entre le réduit central, la citadelle à demi souterraine, admirablement protégée, où s'accumulent les réserves de munitions, où même elles se fabriquent, et les divers postes de combat.

Ce qu'il porte à la hâte sous sa pèlerine, ce sont des sacs de cartouches. Ou encore de gros obus. Selon le cas, chaque grain de café est une cartouche (et que de cartouches dans un seul sac ! quelle aubaine pour les défenseurs !) ou bien c'est le sac tout entier qui est l'obus (mais alors, quelle puissance de perforation et de destruction ! si le canonnier [1] vise bien, cet unique obus peut mettre toute une compagnie d'assaillants par terre).

1. *Canonnier* : soldat chargé de manipuler le canon.

Le siège, comme tous les sièges, abonde en péripéties. Parfois une période de calme. Les postes ne réclament rien. D'ailleurs il est facile, en prêtant l'oreille, de se rendre compte que la fusillade a beaucoup diminué. Le canon s'est tu. Dans la citadelle centrale, les chefs prennent du repos, ou causent, se racontent des histoires de campagnes précédentes, discutent en étudiant la carte. Il est même probable qu'ils interrogent des « transfuges [1] » de l'ennemi, ou des prisonniers faits « dans un coup de main [2] ». Soudain un appel retentit. Une sonnerie électrique, par exemple. Ou c'est une estafette [3] qui accourt, tout essoufflée. Ou bien il y a des signaux plus mystérieux. Un poste est attaqué et réclame qu'on le ravitaille d'urgence. Louis part au galop. Sa responsabilité est énorme. Tantôt il est seul. Tantôt il emmène quelques compagnons avec lui ; des hommes sûrs. Ils se faufilent dans les rues de la place forte, en rasant les murs autant que possible, pour éviter les balles perdues, les éclats d'obus. Ils longent des couloirs, ils grimpent des escaliers creusés dans l'épaisseur des murailles de défense. Parfois Louis donne à ses hommes un ordre bref.

Le grand avantage d'un siège sur une bataille, c'est qu'il peut se poursuivre indéfiniment, avec des avances et des reculs de part et d'autre. Il arrive qu'un poste ne donne plus signe de vie. L'ennemi

1. *Transfuges* : soldats passés à l'ennemi.
2. *Coup de main* : attaque exécutée à l'improviste.
3. *Estafette* : militaire chargé de transmettre une information, un courrier.

s'en est emparé, ou a « réduit les défenseurs au silence ». Mais on apprend que d'autres batteries ont réussi à s'installer ailleurs. Elles bombarderont l'ennemi par côté. Rien n'empêche de prévoir que la lutte durera encore au printemps prochain.

Il y a aussi la pèlerine. Elle a une grande importance. Elle est un monde à sa façon. Ce n'est pas la première fois que Louis porte une pèlerine ; mais c'est la première fois qu'il en découvre toute la douceur, toute la protection, toute l'amitié. Pour apprécier une pèlerine, il faut avoir à marcher longtemps dans la pluie, dans le brouillard. Il faut être longtemps seul avec elle ; sentir de près combien sans elle on aurait froid ; combien l'on serait abandonné. Aucun autre vêtement ne vous enveloppe de cette façon. Les bras jusqu'à l'extrémité des doigts se cachent entièrement dessous. La tête elle-même peut s'enfermer dans le capuchon. Il ne passe que votre regard, que votre souffle. Les mains appuient au fond des deux poches intérieures et ramènent les deux pans l'un vers l'autre en supprimant toute fissure. La pèlerine est plus qu'un vêtement ; c'est une sorte d'habitation, où l'on vit, et qui se déplace avec vous. Quand Louis est fatigué de combiner les péripéties du siège, il pense à sa pèlerine pareille dans la rue pluvieuse à une tente dans une plaine ou à une hutte dans les bois.

Ce qui tourmente Louis Bastide, c'est de ne pas savoir quand il se décidera à remettre ses gains à sa mère, et quelle part de la vérité il sera obligé de dire. Certes, il se représente avec une extrême impatience l'instant où il déposera sur la table de la salle à manger, devant sa mère éblouie, toutes les pièces et tous les sous du trésor. Il se sentira tellement fier ; la surprise émue de sa mère lui procurera une telle récompense ! Mais comme il sera dur d'avouer un si long mensonge, et peut-être aussi d'obtenir qu'on lui laisse continuer son métier !

Et pourtant il ne peut pas être question de le quitter. M. Bastide, après avoir accepté, sur les instances de sa femme, une place de garçon de magasin qu'un ancien ami lui avait offerte dans son propre établissement, s'est fait régler au bout de huit jours. L'autre le traitait avec un manque d'égards [1] d'autant plus pénible qu'il était justement un ancien ami, et un ami comblé par la fortune. M. Bastide a répété sa phrase « qu'il aimait mieux mourir de faim ». Mme Bastide a pleuré sans oser faire ouvertement des reproches. Elle a confié à Louis que son père devenait « bien difficile à comprendre ». Louis, tout en déplorant la malchance de son père, hésite davantage à le condamner. Car il a de ces choses une expérience que sa mère n'a pas. Il se souvient de Mme Yvoy et de Mme Régille.

1. *Manque d'égards* : absence de respect et de gentillesse.

15. Pensées de l'abbé Jeanne

Vers le milieu de décembre, l'abbé Jeanne avait appelé Louis Bastide, un soir, après le catéchisme :

– Eh bien, tout s'est arrangé maintenant, chez toi ?

Le petit garçon ouvrait les yeux, comme s'il ne comprenait pas.

– Ton père est content dans sa nouvelle place ?

– Mais il est toujours sans place, monsieur l'abbé.

– Comment cela ? Ne m'avais-tu pas dit qu'un commerçant de ses amis l'avait pris chez lui ?

– Oui, mais ça n'a pas marché.

Louis avait baissé la tête, puis ajouté :

– Ça n'était pas une place pour papa.

L'abbé n'avait pas voulu insister. Mais il s'était dit : « La place demandait sans doute des aptitudes supérieures aux siennes. Ou au contraire était par trop dégradante [1]. De toute façon, ces gens restent dans la même détresse. Je ne me suis pas assez occupé d'eux. J'aurais pu relancer ce M. Ehler [2], qui, au fond, ne m'avait pas si mal reçu que ça. Je manque d'énergie. »

---

1. *Dégradante :* indigne de lui et humiliante.
2. *M. Ehler :* un administrateur de la Compagnie des Chemins de fer du Nord, que l'abbé Jeanne a tâché d'intéresser à la situation des Bastide, sans résultat.

Il faillit s'avouer qu'une des raisons de son peu de zèle en faveur de Bastide était qu'après la prétendue restitution des cinquante francs par la voleuse imaginaire, il avait espéré une visite de remerciements de la mère de Louis. « Pas pour moi. Je suppose bien que je n'ai plus cette petitesse, de vouloir savourer la récompense – d'ailleurs toute secrète – d'un acte de charité insignifiant. Mais pour eux. On aurait plaisir à penser que ces gens savent reconnaître une clémence de la Providence [1]; ou, s'ils doutent de la Providence, le simple geste d'honnêteté que le prochain [2] est censé avoir fait. »

1. *Providence* : action permanente de la sagesse de Dieu qui gouverne le monde.
2. *Prochain* : voir note 1, p. 130.

16. Remise du trésor

Louis s'était contenté de baisser la tête, quand à l'entrée du catéchisme l'abbé lui avait dit :

– J'ai bien de la peine pour toi. Je croyais que cette fois, nous y étions. Mais c'est la question posée par ton père qui a froissé ce monsieur. Oh ! je ne blâme pas ton père... Je suis vraiment désolé [1].

En apprenant la nouvelle, Mme Bastide baissa la tête aussi. Elle se tut un moment, comme absorbée dans son ouvrage, puis :

– Ce n'est pas faute de l'avoir prévenu... Il y en a que le malheur rend plus souples. Mais lui, tu vois que c'est le contraire. Et si tu savais pourtant comme nos économies commencent à filer !...

Là-dessus, Louis se leva, se dirigea vers sa petite chambre.

– Où vas-tu ?

Quand il reparut, il tenait une boîte dont il fit glisser le couvercle, et dont il sortit d'abord des dominos, qu'il posa sur la table, en un tas qu'il écarta de lui.

Sa mère le regardait avec surprise. Elle le vit ensuite tirer de la boîte des pièces d'un franc, et des pièces de cinquante centimes, de gros sous, de petits sous, et les distribuer devant lui par piles régulières.

1. L'abbé Jeanne a fait une nouvelle tentative auprès de M. Ehler. Mais M. Bastide a demandé si le travail proposé n'était pas trop inférieur à ses capacités. Cette question a indisposé M. Ehler.

L'ensemble n'occupait pas une bien grande surface; mais pourtant Louis Bastide jugea que son trésor n'avait pas l'air trop ridicule.

– Mais d'où vient tout cet argent?

– Je l'ai gagné, maman. Je te le donne.

– Tu l'as gagné? Et comment as-tu fait? Fais voir un peu. Combien y a-t-il?

– Il y a trente-deux francs et trois sous. Je l'ai gagné en travaillant.

Et Louis conta qu'il avait trouvé à s'employer chez un commerçant, après la classe du soir; qu'on lui donnait des paquets à livrer dans le voisinage; qu'il touchait un léger salaire et quelques pourboires.

– Je n'ai pas gardé un sou pour moi... Je ne te l'ai pas dit plus tôt, maman, parce que tu m'aurais peut-être empêché.

Il ne voulut pas indiquer l'adresse du commerçant.

– Mais pourquoi ne pas me le dire?

– Parce que maintenant tu m'empêcherais peut-être d'y retourner; et moi, je veux gagner ma vie. Tant que papa n'aura pas de travail, je ne veux pas que tes économies diminuent à cause de moi.

Mme Bastide maniait les pièces d'argent et de bronze. Elle semblait émue, et surtout décontenancée :

– Ton père a bien fini par dénicher un peu de travail, dit-elle. Oui, des écritures, pour un commerçant qu'il connaît, tu sais? M. Lachenard, qui est installé près de l'avenue Daumesnil. Nous avons reçu le mot, ce matin. Il y est allé justement. Il doit rapporter de l'ouvrage... Oh! il se fera peut-être deux ou trois francs par jour. Ce n'est pas une situation.

Elle soupira; puis assez timidement :

– Mais ces paquets qu'on te fait porter… Ce n'est pas trop lourd au moins?

– Non, maman. Ce sont des petits paquets, comme chez l'épicier… Du café par exemple.

– Ah! c'est pour ça que ta pèlerine sentait tant le café!… Ah! voilà!

Mais elle ne fit pas d'objections plus sérieuses. Elle ne parut pas s'aviser que l'histoire de la garderie était un mensonge. Elle oublia même de dire : «En livrant tes paquets, tu dois être obligé de traverser les rues à chaque instant! Et si tu allais te faire écraser, mon Dieu!»

Louis, qui s'était attendu au moins à cette réflexion, se sentit un peu déçu. Il trouva que d'une façon générale sa mère n'avait montré ni assez de surprise, ni assez d'admiration, ni assez d'inquiétude. «Le malheur l'a changée elle aussi», pensa-t-il. Et ce n'est pas sans amertume qu'il calcula combien de semaines il lui faudrait de nouveau pour remplir la boîte qu'il venait de vider.

Dossier-lecture

Deux enfants dans les Halles

Dans *Le Ventre de Paris*, troisième tome du cycle des Rougon-Macquart d'Émile Zola, apparaissent deux très jeunes enfants, Cadine et Marjolin, tous deux orphelins recueillis par la mère Chantemesse, marchande sur le carreau des Halles. Elle décide de les mettre au travail.

Marjolin allait avoir huit ans, et Cadine six, quand la mère Chantemesse leur fit honte de leur paresse. Elle leur dit qu'elle les associait à sa vente au petit tas; elle leur promit un sou par jour, s'ils voulaient l'aider à éplucher ses légumes. Les premiers jours, les enfants eurent un beau zèle. Ils s'établissaient aux deux côtés de l'éventaire, avec des couteaux étroits, très attentifs à la besogne. La mère Chantemesse avait la spécialité des légumes épluchés; elle tenait, sur sa table tendue d'un bout de lainage noir mouillé, des alignements de pommes de terre, de navets, de carottes, d'oignons blancs, [...] tout prêts à être mis dans les casseroles des ménagères attardées. Elle avait aussi des paquets ficelés pour le pot-au-feu [...]; sans parler de la julienne [1] fraîche coupée très fine sur des feuilles de papier, des choux taillés en quatre, des tas de tomates et des tranches de potiron qui mettaient des étoiles rouges et des croissants d'or dans la blancheur des autres légumes lavés à grande eau. Cadine se montra beaucoup plus habile que Marjolin, bien qu'elle fût plus jeune; elle enlevait aux pommes de terre une pelure si mince, qu'on voyait le jour à travers; elle ficelait les paquets pour le pot-au-feu d'une si gentille façon qu'ils ressemblaient à des bouquets; enfin, elle savait faire des petits tas qui paraissaient très gros, rien qu'avec trois carottes ou trois navets. Les passants s'arrêtaient en riant, quand elle criait de sa voix pointue de gamine : « Madame, madame, venez me voir... À deux sous, mon petit tas! » Elle avait des pratiques, ses petits tas étaient très connus. La mère Chantemesse, assise entre les deux

1. *Julienne* : préparation de légumes coupés en minces lanières.

enfants, riait d'un rire intérieur, qui lui faisait monter la gorge au menton, à les voir si sérieux à la besogne. Elle leur donnait religieusement leur sou par jour.

Émile Zola, *Le Ventre de Paris*, ch. IV.

Paris, immense compagnon

La promenade dans Paris, comme celle qu'accomplit Louis Bastide, est un motif récurrent des *Hommes de bonne volonté*. Ainsi, deux des personnages principaux, Jallez et Jerphanion, encore étudiants, font, eux aussi, de longues courses dans la ville. Au cours de l'une d'elles, Jallez raconte à son ami (fraîchement arrivé de province) quelle fut, vers ses quatorze ans, son aventure, intimement liée aux rues de la capitale, avec une toute jeune camarade, Hélène, qui effectuait pour sa mère des livraisons de flacons de parfum.

Elle tirait de sa poche une petite liste. Il y avait des noms de gens et des noms de rues. Sans ordre; sans autre indication. En ce temps-là les adresses ne comportaient jamais le numéro d'arrondissement. [...] Je méditais sur la liste. Sur les sept ou huit noms de rues, j'avais tôt fait d'en situer quatre ou cinq. Pour les autres, rien qu'à l'odeur, je les rangeais dans telle ou telle direction. [...] J'achevais de me fixer les idées grâce à un petit plan que j'avais en poche. Nous adoptions un circuit à la fois fantaisiste et raisonnable; et nous nous mettions en route. Un petit nombre de voies et de parages étaient considérés comme dangereux; à éviter; à cause des rencontres possibles; du moins au début de cette vie vagabonde : l'avenue de l'Opéra, par exemple, ou les abords des grands magasins. Mais tu penses quelle pouvait être notre liberté, notre insouciance de voyageurs, une fois que nous étions sortis du centre et que s'ouvrait devant nous l'insondable espace des Ternes ou du petit Montrouge. [...] Ces expéditions du jeudi ne nous suffisaient pas. Certains soirs, Hélène venait m'attendre à la porte du lycée [1]. Lors de ces rendez-vous, nous prenions souvent le chemin de chez elle [2]. Mais nous avions fini par adopter les grandes voies directes : la rue de Châteaudun, la rue Lafayette, sans chercher de détour, sans précautions. Et certes, nous ne tenions nullement à être découverts. Mais tout simplement, nous nous étions habitués à l'infini et à l'inconnu de Paris. Un sentiment d'une douceur extraordinaire. Tu flaires bien cet inconnu. Mais il ne t'est pas familier. Pour les deux enfants dont je te parle, c'était ça. Nulle part ils ne se trouvaient abandonnés par cet immense compagnon. Et de même qu'un coin désert de Reuilly ne pouvait plus leur donner la détresse de la solitude, de même la foule de la rue Saint-Lazare ou celle de la rue Lafayette, à deux pas de leur maison, gardaient à leurs yeux quelque chose d'invinciblement anonyme. Il ne leur semblait pas qu'on dût les reconnaître là plutôt qu'ailleurs. Si tu veux, nous avions perdu dans nos longues courses l'idée préoccupante d'être quelqu'un. [...] Tu ne peux pas avoir atteint l'état de sécurité, de dépossession délicieuse où nous étions. Je crois que je sentais certaines choses plus vivement qu'Hélène ; que j'ai joui et, à l'occasion, souffert de notre amour avec plus d'acuité. Mais par ce repos naturel de l'âme qu'elle avait, elle m'a aidé, sûrement. Tu n'imagines pas comme elle était attachante à considérer quand nous marchions le long d'une rue comme celle-ci, vers ces mêmes heures. Son air à l'aise ; son abandon total, sa confiance dans le flot. Dans notre première promenade, je t'ai parlé du « bon nageur ». Tu es allé à la mer ? Non. Tu aurais vu ces enfants qui ont appris à nager tout petits, et qui ont une façon charmante de se laisser, de longs moments, porter, balancer par l'eau. On dirait qu'ils dorment dessus, un bras replié sous la tête. Je ne lui ai jamais demandé si elle aimait Paris. Elle n'aurait pas compris ma question. Nous étions trop spontanés pour réfléchir à ça. Mais maintenant je pense à ma belle petite nageuse, qui me montrait si bien la façon de dormir sur le flot...

Jules Romains,
Les Amours enfantines, ch. 23.

1. Le lycée Condorcet, près de la gare Saint-Lazare.
2. Hélène habite square Saint-Vincent de Paul, à côté de la gare de l'Est.

Paris transfiguré

Sur les pentes de Montmartre, dans les années trente, Olivier, orphelin d'une dizaine d'années recueilli par ses cousins, erre le jour, mais aussi la nuit, d'un spectacle à l'autre, parfois séduisant, parfois un peu inquiétant comme celui des boulevards extérieurs, arpentés un soir que ses cousins lui ont demandé de les laisser tranquilles…

Olivier traversait tout cela comme une furtive flamme blonde. Ses yeux verts étaient tout baignés d'une mélancolie, d'une tendre nostalgie qu'il retrouverait tout au long de sa vie à chaque promenade solitaire dans une ville nocturne. […] À la place du Delta, ce fut comme s'il pénétrait brusquement sur un plateau de théâtre violemment éclairé. Le boulevard Rochechouart ruisselait de lumières colorées, avec des sautillements syncopés qu'adoucissaient par endroits les feuillages verts des arbres. Les automobiles jetaient des lueurs spectrales et leurs phares paraissaient vivants comme des yeux.

Olivier hésita : il atteignait la limite de ses pérégrinations nocturnes. Puis il se décida et avança dans ce monde comme un explorateur dans une forêt vierge. À partir de la place du Delta où le métro venait de s'enfoncer avec sa cargaison humaine dans le gouffre souterrain, le boulevard prenait une majuscule. Il devenait un fleuve, un Gange peuplé, large et mystérieux, chargé de rites, avec pour temples ses établissements de nuit accrochés sur ses rives comme des embarcations, des chalands et des pirogues habités de mystères initiatiques, les voitures traçant leur chemin en klaxonnant avec des cruautés de requins noirs, des bouées de sauvetage, des ports flottants étant constitués par des vespasiennes[1], des fontaines Wallace ou des kiosques à journaux.

Olivier s'insinua dans cet éblouissement de sons et de luminosités parmi une foule que la nuit transfigurait. Il passa devant

1. *Vespasiennes* : toilettes publiques.

des bars resplendissants de chromes, des boîtes de nuit froufroutantes à photographies roses et à aboyeurs[1] insinuants, des restaurants face à la mer avec le plancher surélevé de leur terrasse, des cinémas, des cabarets et des théâtres rutilants avec les caissières maquillées enfermées dans du verre. […] Et Olivier marchait, contournait les grands lacs Pigalle, Blanche et Clichy, revenait sur ses pas, passait d'un trottoir à l'autre, regardait la tente ronde de Medrano et ses photographies de piste, le Moulin Rouge et ses ailes lumineuses, la Brasserie Graff et ses bruits de soucoupes, la place d'Anvers avec son square et son Café des Oiseaux qu'on imaginait plein de serins et de perruches perchés sur des verres, des cafés avec jazz nègres, tziganes ou accordéonistes, chanteurs faisant reprendre des refrains en chœur, des friteries à la fumée grasse, un escalier entre deux murs comme un décor de film expressionniste, une boutique rouge avec un faux Aristide Bruant[2], velours noir et cache-nez écarlate, retenant les passants par les bras, des danseurs prenant le frais entre deux danses, des librairies à étalages spéciaux, des ateliers de peintre et des studios d'artiste, des passages pleins de pièges et, parmi le mouvement, la rumeur, la coulée de la foule, les jambes s'écartant et se refermant comme des compas, la joie vraie ou factice, quelque chose d'effrayant qui s'insinuait comme un serpent dans les herbes et faisait couler des filets d'eau froide sur l'échine. […] Il était comme une barque ayant quitté sa rivière pour une imprudente incursion vers la haute mer. Il avait besoin du port fluvial, de la rue, de savoir que derrière telle ou telle fenêtre ses amis dormaient.

Robert Sabatier, *Les Allumettes suédoises*, ch. 8.

1. *Aboyeurs* : personnes qui crient à l'entrée d'une salle de spectacle pour annoncer le programme.
2. *Aristide Bruant* : chansonnier célèbre de Montmartre.

À vous de jouer

Êtes-vous un lecteur attentif ?

En vous aidant de la préface et de la chronologie, choisissez la bonne réponse.

1 Jules Romains est né :
A à Montmartre
B en Auvergne
C dans le midi de la France

2 Il a exercé la profession de :
A médecin
B professeur
C journaliste

3 Il est l'auteur de :
A *Poil de Carotte*
B *Les Copains*
C *Jean-Christophe*

4 *Les Hommes de bonne volonté* se composent de :
A 25 volumes
B 26 volumes
C 27 volumes

5 L'action de l'œuvre se déroule sur :
A vingt-cinq ans, de 1908 à 1933
B vingt ans, de 1908 à 1928
C trente ans, de 1908 à 1938

Remettez de l'ordre dans ces événements du récit :

1) M. Bastide perd sa place. 2) Sa mère achète des chaussures à Louis. 3) Louis se promène dans Montmartre. 4) Louis veut tuer Mme Yvoy. 5) Louis travaille. 6) Louis se « confesse » à l'abbé Jeanne. 7) Clanricard écrit à M. Rothweil. 8) L'abbé redonne à Louis le billet perdu. 9) Louis est congédié par Mme Régille. 10) L'écaillère hésite à engager Louis.

Choisissez la (les) bonne(s) réponse(s) :

1 M. Bastide a été renvoyé

A parce qu'il a cassé de la marchandise.
B parce qu'il n'a pas vérifié une caisse.
C parce qu'il a mal parlé à son patron.

2 Mme Bastide pense que son mari aura du mal à retrouver du travail

A parce qu'il a la cinquantaine.
B parce qu'il a mauvais caractère.
C parce qu'il est trop fier pour accepter un emploi modeste.

3 La boîte de titres des Bastide représente

A vingt-sept ans d'économies d'un franc par jour.
B vingt ans d'économies de deux francs par jour.
C vingt ans d'économies de deux francs cinquante par jour.

4 Louis raconte à sa mère qu'il rentrera plus tard après la classe

A parce qu'il a un entraînement de sport.
B parce qu'il veut travailler chez un camarade.
C parce qu'il a froid à la maison et préfère la garderie.

5 La bouquetière renvoie Louis

A parce qu'il l'a volée.
B parce que Louis est trop lent dans ses livraisons.
C parce qu'elle se méfie en général de ce petit livreur.

Vrai ou faux ?

1	Les deux frères de Louis s'appellent Robert et Paul	V	F
2	Le père Bastide gagne 200 F par mois	V	F
3	Les Bastide habitent boulevard Ornano	V	F
4	Le père Bastide travaillait dans une cristallerie	V	F

5	Les Bastide ont habité rue Ramey	V	F
6	La piscine où Louis est allé une fois est rue de Dunkerque	V	F
7	Le porte-monnaie de Mme Bastide est marron	V	F
8	L'entretien de Louis coûte 18 sous par jour	V	F
9	La première patronne de Louis est l'écaillère de la rue Ramey	V	F
10	Ses premiers jours de travail lui rapportent 2,15 F.	V	F
11	Mme Chapitre reçoit son café vert par sacs de vingt-cinq kilos	V	F
12	Chez celle-ci, Louis gagne 10 sous par jour	V	F
13	Le maximum de ses pourboires est de 6 sous	V	F
14	Son nombre maximum de livraisons est de 15	V	F
15	En deux semaines et un jour, il a gagné 10 F.	V	F
16	Il cache son trésor dans une boîte de dominos	V	F
17	Ce trésor est de 32 francs et 3 sous	V	F

Paris

Retracez l'itinéraire de la promenade du 6 octobre sur un plan du XVIIIe arrondissement. (Attention, quelques modifications se sont produites dans le tracé de certaines rues.)

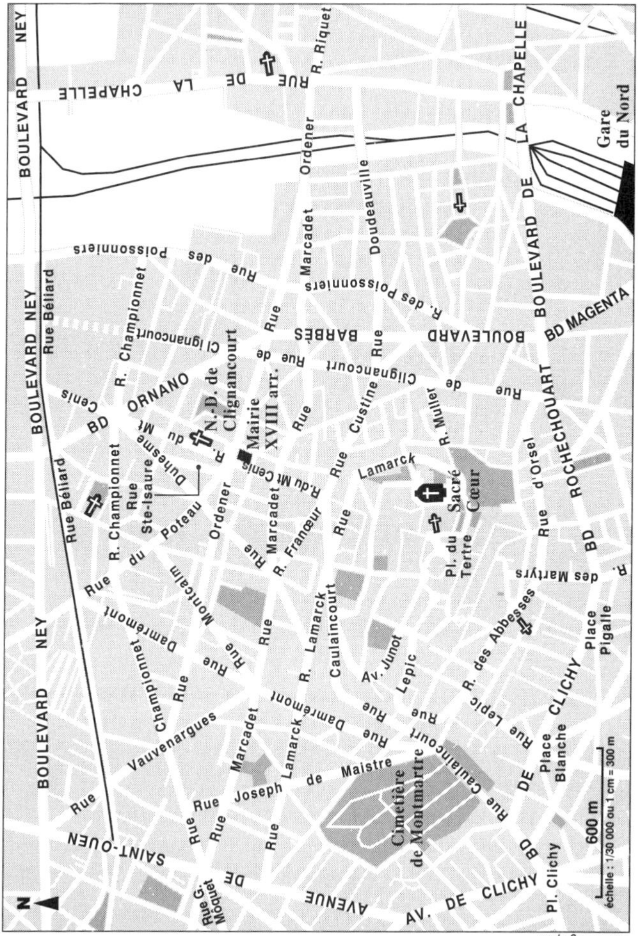

En vous aidant du texte, associez à chacun de ces noms liés à Paris ce qui lui correspond (rue, place, monument, etc).

- Ornano •
- Duhesme •
- Sainte-Isaure •
- Buttes-Chaumont •
- Riquet •
- Championnet •
- Luce •
- Clignancourt •
- Sacré-Cœur •
- Sébastopol •
- Flandre •
- Clichy •
- Paradis •
- Bon Marché •
- Monceau •
- Notre-Dame de Clignancourt •
- Daumesnil •

- • Place
- • Chaussée
- • Rue
- • Boulevard
- • Avenue
- • Parc
- • Basilique
- • Église
- • Grand magasin
- • Porte

Hier et aujourd'hui

Le jeu de la misère

Imaginez, comme le petit Louis, que vous vouliez chercher à vous nourrir le plus longtemps possible avec une somme modeste (cinquante francs actuels). Constituez votre budget en détaillant les dépenses.

La vie quotidienne

Retrouvez dans le texte cinq éléments caractéristiques de la vie quotidienne au début du siècle dans une ville comme Paris. Comparez avec la vie aujourd'hui dans une grande ville et tâchez de trouver des équivalents.